山口恵以子のめしのせ食堂

こころとお腹を満たす
物語と「ご飯のおとも」

小説 山口恵以子
めしのせ案内 長船クニヒコ

小学館

めしのせ宣言

「めしのせ食堂」へようこそ

みなさん、こんにちは。
小説家の山口恵以子です。
《ご飯のおとも専門家》の長船クニヒコです。

私たちは《ご飯のおとも》が主役の本をつくりました。
《ご飯のおとも》とは、ふりかけや漬け物、佃煮など
ご飯をおいしくいただく〝供〟であり、
また〝友〟でもある……あるとうれしい存在です。
これらを「めしのせ」と名付け、
「めしのせ」が物語のキーワードとなる
小説「めしのせ食堂」と、小説に登場する「めしのせ」を
思わず食べたくなるビジュアルでご紹介。

読んで満足、取り寄せて満腹の
「めしのせ食堂」へいらっしゃいませ。

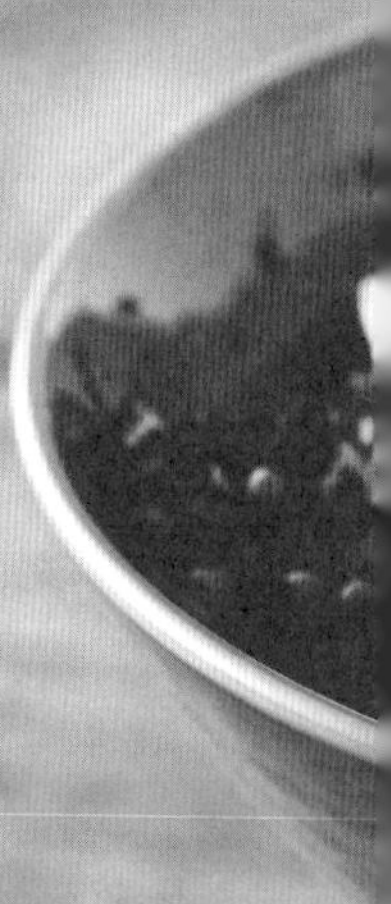

おしながき

……もくじ、のようなもの

めしのせ案内 その壱 50

めしのせ案内 その弐

114

本書の味わい方

【めしのせ小説】

第一話

【なれそめ】

《めしのせの伝道師》のひと言

「こんばんは」

六時に店を開けた直後、神代ゆかりが入ってきた。葛西の駅前でスナックを経営しているオーナーママだ。年は六十代半ばで私と同年代だが、すっぴんに割烹着、三角巾の私と違い、商売柄キチンと化粧して髪をセットし、いつも身ぎれいにしている。

「今日の味噌汁、何？」

「豚汁とアオサ」

店ではこってり系とあっさり系、二種類の味噌汁を常備している。

「豚汁ね」

ゆかりはカウンターに腰を下ろすと、布製のバッグから煙草の箱を取り出した。一本出して銜え、金のライターで火を点けて、旨そうに燻らせる。うちは喫煙OKなので、常連さんには煙草のみが多い。

「ご飯のおともはどうします？」

「そうねえ」

「こってり系は『金のさんま』『さばのドライカレー』『黒豚チャーシュー魔法の肉かけ』。さっぱり系は『ぶっかけ海苔めし』『伊勢たくあん』『えびすめ』『梅あぶら』……」

「えびすめ」

えびすめとは昆布の古語で、塩ふき昆布の元祖と称される大阪の小倉屋山本の看板商品だ。ご飯のおともとしては最強に属する。

大きめの茶碗にご飯を軽く盛り、やはり大きめのお椀に豚汁をよそって小皿に『えびすめ』を添えて盆にセットする。

「お待ちどおさま」

カウンター越しに盆を差し出すと、ゆかりは煙草を灰皿に押し付けて消した。

「いただきます」

律儀に手を合わせてから箸をとる。ゆかりが食べ始めると、私はほうじ茶を淹れた。

11　10

小説家・山口恵以子さんによる《ご飯のおとも》をキーワードにした10編の小説。それぞれのストーリーに登場する《ご飯のおとも》はすべて実在する商品で、p.54〜79、p.118〜133で紹介しています。

【めしのせ案内】

《ご飯のおとも》の専門家・長船クニヒコさんがセレクトした【めしのせ商品】を8つのカテゴリに分けて40品紹介。

カテゴリ

商品名

めしのせ指数

〈ご飯のおとも〉を選ぶめやすとして、「お酒との相性度」と「贈答向き度」をそれぞれ5段階で評価。

製造／販売者名

価格と容量

所在地と注文方法

●本書に掲載されている情報は2023年12月現在のもので、価格は10%の消費税込で表示しています。商品によって別途、送料や手数料がかかる場合があります。

●本書の発売後に商品の仕様や価格、注文方法などが変更になる場合があります。また、品切れや欠品、生産終了などによる終売の際はご容赦ください。

めしのせ小説

その壱

山口恵以子

第一話【なれそめ】《めしのせの伝道師》のひと言

「こんばんは」

六時に店を開けた直後、神代《くましろ》ゆかりが入ってきた。葛西《かさい》の駅前でスナックを経営しているオーナーママだ。年は六十代半ばで私と同年代だが、すっぴんに割烹着、三角巾の私と違い、商売柄キチンと化粧して髪をセットし、いつも身ぎれいにしている。

「今日の味噌汁、何？」

「豚汁とアオサ」

店ではこってり系とあっさり系、二種類の味噌汁を常備している。

「豚汁ね」

ゆかりはカウンターに腰を下ろすと、布製のバッグから煙草の箱を取り出した。一本出して銜《くわ》え、金のライターで火を点けて、旨そうに燻《くゆ》らせる。うちは喫煙ＯＫなので、常連さんには煙草のみが多い。

「《ご飯のおとも》はどうします？」

「そうねえ」

「こってり系は『金のさんま』『さばのドライカレー』『黒豚チャーシュー魔法の肉かけ』。あっさり系は『ぶっかけ海苔めし』『伊勢たくあん』『えびすめ』『梅あぶら』……」

「えびすめ」

えびすめとは昆布の古語で、塩ふき昆布の元祖と称される大阪の小倉屋山本の看板商品だ。《ご飯のおとも》としては最強に属する。

大きめの茶碗にご飯を軽く盛り、やはり大きめのお椀に豚汁をよそって小皿に『えびすめ』を添えて盆にセットする。

「お待ちどおさま」

カウンター越しに盆を差し出すと、ゆかりは煙草を灰皿に押し付けて消した。

「いただきます」

律儀に手を合わせてから箸をとる。ゆかりが食べ始めると、私はほうじ茶を淹れた。

ここは東京メトロ東西線葛西駅から徒歩十分ほどにある住宅地。私は大東《だいとう》デパートを退職後、自宅を改装して軽食店を始めた。店の名前は「めしのせ食堂エコ」。ガスで炊いたご飯と二種類の味噌汁、そしてお取り寄せの《ご飯のおとも》、お酒少々がメニューのすべてだ。営業時間は夕方六時から深夜十二時。もっとも素人女将のワンオペでやっている気楽な食堂だから、お客さん次第では夜中の一時、二時まで店を開けていることもある。

開店当初は、繁華街から離れた場所にあるこんな貧弱な品揃えの店に、果たしてお客が来てくれるかどうか不安だったが、意外にもぽつりぽつりとお客さんが訪れ、やがてご常連になってくれる方も増えて今に至っている。

お客さんの内訳は、飲み会の前にお腹に何か入れたい人と、飲んだ後で小腹を満たしたい人がほとんどだ。それと、ゆかりのような出勤前の水商売の人も何人かいる。だから店は六時台と終電間際が一番忙しい。とはいえ、カウンター五席しかないちっぽけな店だから、忙しいと言ってもたかが知れているが。

お取り寄せ専門の店にした理由は、長船《おさふね》クニヒコとの出会いがあったからだ。長船とは知り合って八年くらいだろうか。私はひそかに《めしのせの伝道師》と呼んでいる。日本全国のお取り寄せ、特に《ご飯のおとも》に精通しているバイヤーだ。

あれは私がまだ大東デパートの催事部に勤めていた頃だった。ちなみに、私は入社以来地下食品売り場の担当だったが、五十歳の時催事部に異動になった。肩書は主任で、催事部全体を仕切る部長の下で、その手足となって売り場を飛び回るのが仕事だった。

催事部といえば何と言っても物産展だ。今週は京都、来週は北海道、再来週は四国、次は北陸、次は九州と、日本全国の名産品を厳選して招聘《しょうへい》、お客さんを呼び込むために日夜腐心していた。そして、気が付けば六十歳の定年が目の前に迫っていた。

「長船さん、コーヒー奢るわ」

休憩時間、私は長船を喫茶室に誘った。従業員用の喫茶室には自動販売機しかなかったが、その日「主任さん、お土産」と言って、香川の大西食品の『しょうゆ豆』をいただいたので、コーヒーくらい奢らないとバチが当たる。

長船はその二年ほど前から、大東デパートの物産展に関わるようになった。地方の隠れた名産品の情報に詳しく、趣旨を説明すると必ずそれに合った商品を探し出してきてくれる、若いが頼りになる業者さんだった。

「そういえば今年定年だって伺ったんですが」

缶コーヒーの礼を言ってから、長船は「定年後はどうなさるんですか？」と尋ねた。

「まだハッキリとは決まってないんだけど、出来れば何か、客商売をやりたいと思って」

漠然としていたが、長い間毎日大勢のお客さんと接する仕事をしていたので、家で一人ぽつねんと暮らすのは寂しいだろうと思っていた。

「どこかのお店に勤めるとか？」

「それも考えたけど、この年で新しい職場を見つけるのは難しいのよね。高齢者の求人はたいてい清掃係だもの」

「ここぞと思う店に乗り込んで、アピールしたらどうですか？　主任さんみたいなベテランが客商売をやらないのは、もったいないですよ」

「ありがとう」

お世辞半分だろうが、嬉しかった。

「ただね、もう人に使われるのは飽きちゃった。自分で何かやりたいと思ってるの。食べ物屋とか」

口に出して、漠然としていた気持ちが明確な形になった。そうだ、自分で食べ物の店をやってみたい、と。

「良いじゃないですか。どんな店を考えてます？」

私はあれこれと考えを巡らせた。

「そうねえ、昔の一膳めし屋みたいな……。ご飯と味噌汁と漬け物、あとは簡単な、《ご飯のおとも》みたいなメニューで。この年でワンオペで始めるわけだから、無理は出来ないものね」

「お店の当てはあるんですか？」

「自分の家を改装するつもり。そうすればテナント料ゼロだし」

「どのくらいのキャパを考えてます？」

「カウンターだけで、せいぜい五〜六人かしら」

長船は腕組みをして、真剣に考える顔になった。

「別に、儲からなくても良いの。私、厚生年金が出るから、生活費はそれで賄《まかな》えるし。ただ、退職後も張り合いのある生活がしたいだけ」

私はそこで缶コーヒーを飲み干した。

「問題はおかずよね。毎日時間かけて仕込むの、しんどいもの」

テレビで紹介される、高齢でもワンオペで居酒屋を経営している女将さんたちは、みな若い頃から店を続けている。四十代で開店して六十歳、七十歳と年を重ねるのと、六十歳で店を始めるのとでは、スタート時点での条件がまったく違う。六十歳というのは老人の入口で、昨日出来たことが今日は出来なくなる、そんな経験を日々重ねてゆくことになる年齢なのだ。

私が小さくため息を吐《つ》くと、長船は腕組みを解いて私の顔を見た。

「《ご飯のおとも》、全部お取り寄せにしたらどうです？」

「え？」

長船は幾分声を弾ませた。

「良いと思いますよ。たっぷり手間暇かけたご飯と味噌汁に、日本全国の美味しい《ご飯のおとも》があれば、一膳めし屋としては完ぺきじゃないですか」

お取り寄せというのは思いつかなかった。催事で毎日扱っていたというのに……。いや、もしかしたら仕事で扱っていたから、自分と切り離して考えていたのかもしれない。

「そもそも、ご飯が美味しければ、おかずは凝る必要はないんです。塩むすびだって醤油かけご飯だって、美味しいでしょう。ましてお取り寄せの《ご飯のおとも》は、美味しいし種類も豊富です。一年三百六十五日食べても、タネは尽きません」

長船の話を聞くうちに、私の中には《めしのせ食堂》の構想が花開いた。

そうだ、美味しいご飯と味噌汁を手作りして、《ご飯のおとも》はお取り寄せを使おう！

「長船さん、ありがとう！　私、それでやってみるわ。お店が開店したら、一度食べに来てね。ご馳走するわ」

長船は嬉しそうに頷《うなず》いて「ありがとうございます。頑張ってください」と言ってくれた。

そんなわけで開店した「めしのせ食堂エコ」は、今年めでたく開店五周年を迎えることが出来た。願わくば十周年、二十周年を迎えたいが、果たしてどうなることやら。とにかく、無理をせず、欲をかかず、ゆっくり続けて行きたいと思う。

「ああ、美味しかった」

ゆかりは箸を置くとほうじ茶をひと口飲み、二本目の煙草に火を点けた。ゆっくりと食後の一服を燻らせると、湯呑に残ったほうじ茶を飲み干し、椅子から立ち上がった。

「ごちそうさま。どうもね」

「ありがとうございました。行ってらっしゃい」

私は軽く頭を下げて、店に出かけるゆかりを見送った。

◎登場した《めしのせ》
金のさんま・さばのドライカレー・黒豚チャーシュー魔法の肉かけ・ぶっかけ海苔めし・伊勢たくあん・えびすめ・梅あぶら・しょうゆ豆

第二話

【ふりかけ】二十五年の逃亡

今日は朝から雨模様で、夕方になっても降り続いていた。流行歌になった「氷雨《ひさめ》」はまさにこれだ。細い雨粒で勢いがなく、その代わりいつまでもやまない。

この分じゃ、今日はお客さんも少ないわね。

表にのれんを出しに行ったとき、どす黒く煙った空を見上げて、私は心の中で独りごちた。

まあ、こんな日もある。お客さんが来なかったら、スマホでユーチューブ動画でも見ていよう。

私は割烹着のポケットからスマホを取り出して画面をタップした。ユーチューブを見るようになってから、テレビ、それも地上波はほとんど見なくなった。だから最近人気のある俳優や芸人はまったく知らない。そしてそれで困ることは何もない。

検索して出した動画は古《いにしえ》の夫婦漫才、人生幸朗《じんせいこうろう》・生恵幸子《いくえさちこ》だった。歌謡曲の歌詞にツッコミを入れるネタは、面白くて笑いが止まらない。一人で笑っていると、入口の戸が開いた。

「……いらっしゃいませ！」

あわててスマホを消し、ポケットにしまった。

入ってきたのは月に何度か顔を見せる準常連さんで、服装から工事関係者と思われた。

目黒光夫《めぐろみつお》はいつも夕方来店して、ご飯・味噌汁・ご飯のおともの《めしのせセット》を注文するのだが、コンビニの袋を下げている。おそらくコンビニで酒類とつまみを買って、「めしのせ食堂エコ」で腹を満たした後、自宅で飲むのだろう。だが、今日はコンビニの袋を持っていなかった。

「ええと、お酒、何がある？」

「カップ酒と缶ビールしか置いてないんですけど」

「カップ酒。冷やで良いよ。それと、何かつまみになるようなもの、ある？」

私はお取り寄せ食品のストックを思い浮かべた。

「ちょっとお高いですが、福井の開花亭の『蟹の淡雪』。あとは宮城の斉吉《さいきち》商店の『金のさんま』、香川の大西食品の『しょうゆ豆』、それと『邦美丸《くにみまる》の塩海苔』……岡山の漁師さんが作る味付け海苔ですが、酒の肴にもなりますよ」

目黒はちょっと考えてから、『蟹の淡雪』と『しょうゆ豆』を注文した。

「あとで《めしのせセット》もらうよ。味噌汁は何？」

「納豆汁と長ネギと油揚げです」

「納豆汁か。旨そうだな」

冷蔵庫からカップ酒を出し、小皿に盛った『蟹の淡雪』と『しょうゆ豆』を添えて出した。

目黒は割り箸を割ると、『蟹の淡雪』を一箸口に入れ、目を細めた。

『蟹の淡雪』は簡単に言うと蟹の生ふりかけで、蟹の風味そのままのダイレクトな美味しさで大人気だ。『しょうゆ豆』は香川県の郷土料理で、丁寧に焙煎したそら豆を、醤油と砂糖で煮付けてある。この甘じょっぱさが、ご飯だけでなく、お茶請けにも酒の肴にも合う。


目黒は水回りの工事をする工務店で働いている水道配管工だ。今日は雨で工事が中止になり、することがないので夕方までアパートでゴロゴロして、一杯飲もうと外に出てきた。駅まで歩くつもりだったが、途中でたまに立ち寄るこの店が目に入った。馴れない店に入るのも億劫で、ここで一杯やることにした。酒も肴もショボいのは承知だったが、取り敢えず酔えればいいので贅沢を言うつもりはなかった。それに女将は気さくで明るい人柄で、店は居心地が良かった。

『蟹の淡雪』と『しょうゆ豆』を肴にワンカップを飲み終えると、目黒はお代わりを注文した。二杯目を干せば、ほろ酔いになるだろう。そうしたらご飯セットで腹を満たして家に帰ろう。でも、もう一品くらいつまみが欲しいな。しかし味付け海苔は、『しょうゆ豆』と味が被《かぶ》りそうな気がするしな……。


「お客さん、もろキュウでもいかがです？」

「あるの？」

私は目黒に微笑んだ。

「キュウリの買い置きがあったんです。これに大分のマルマタしょう油の『山椒味噌』をつけると、すごくイケますよ」

「じゃあ、それください」

私は早速キュウリを拍子木に切り、『山椒味噌』を添えて出した。このマルマタしょう油の『山椒味噌』は、若々しい青みの残る実山椒《みざんしょう》をたっぷり味噌に練り込んである。野菜に添えても良く、刺身や炒め物の調味料にも使える。試したことはないが、きっと北京ダックの味噌ダレに使っても合うだろう。そうそう、おにぎりに塗って焼きおにぎりにすると、たまらなく美味しい。

「これは、たまらんなあ」

目黒は『山椒味噌』をつけたキュウリを齧《かじ》り、鼻から大きく息を吸い込んだ。山椒の爽やかな香りが鼻腔に抜けてゆく。肴に誘われて酒が進み、ブレーキが利かなくなりそうだった。

「《めしのせセット》、お願いします」

「はい。おともは何にしましょうか？」

「そうだなあ。納豆汁だから、邪魔にならないもんが良いな。……ふりかけかな」

「兵庫の澤田食品の『いか昆布』はいかがですか？」

「それ、しゃれ？」

「違いますよ」

私は笑顔で手を振った。普段無口なお客さんだが、お酒で少し口がほぐれてきたのだろう。それに気分も軽くなっているに違いない。

「しっとり系のふりかけで、全国ふりかけグランプリに輝いた品です。食べて損はないですよ」

「それじゃ、『いか昆布』で」

私は早速《めしのせセット》の用意を始めた。すると空になったカップ酒の瓶に目を落とした目黒が尋ねた。

「女将さん、さっき聞いてたの、何？」

「聞こえました？　スマホのユーチューブ動画の、昔の漫才。人生幸朗・生恵幸子ってご存じですか？」

「……一所懸命育てた鳥でさえ、窓を開ければ飛んでゆく。当たり前や！　飛ぶのが嫌なら金魚でも飼《こ》うとれ！」

「すごい！　よくご存じですね」

「『責任者、出て来い！』が決まり文句でね」

目黒と私は、人生幸朗・生恵幸子の話題で盛り上がった。

「お待ちどおさま」

《めしのせセット》の盆を受け取り、目黒はまず納豆汁を啜った。丁寧にすりつぶした納豆を味噌とよく練って、出汁で伸ばし、刻みネギを散らしてある。

「俺の故郷とおんなじ味だ」

熱い汁を啜っていると、鼻水が垂れてきた。ポケットティッシュで洟をかむと、涙まであふれだした。目黒は洟をかむふりをして瞼も拭った。

どうして急に涙腺が決壊したのだろう。きっと、あの漫才と納豆汁のせいだ。故郷の母は人生幸朗・生恵幸子の漫才が好きで、よく聞いていた。そして妻は目黒の好物の納豆汁をよく作ってくれた。

それが、どうしてこんなことになってしまったのだろう。

「女将さん、嫁と姑って、どうしていがみ合うんだろうね」

唐突に質問されて、私は戸惑いよりも同情を感じた。そのときの目黒には、どうしようもない寂寥《せきりょう》感が漂っていたからだ。

「どうしてなんでしょうね。私は結婚したことがないので、よく分かりません。一般的には、一人の男をめぐる二人の女の争いみたいに言われてますけど、仲良くやってるお宅も沢山ありますしね」

「どうしてなのかね。女房もお袋も、決して悪い人間じゃなかった。世間並みの常識もわきまえていたと思う。それが、俺が間に入ると、二人とも鬼みたいな形相に変わっちまった」

目黒は母と妻の絶え間ない諍《いさか》いに疲れ果て、ついに何も告げぬまま、家を逃げ出した。三十歳の時だった。上京して今の工務店に職を得て、その後、妻とは協議離婚が成立した。しかし母に対しても、顔を見るのも嫌になっていた。かたくなに音信を断ち、母は仕方なく妹一家に引き取られた。

目黒は五十五歳になった。これまで再婚は考えないできたが、この年になると別の人生もあったのではないかと思う。下請け仕事で恵まれているとは言えないが、それでも一緒にやっていける伴侶を見つけることが出来たのではないかと。

「このまま一人で死ぬのかと思うと、時々やりきれなくなるよ」

私は黙って頷いた。可能な限りの同情を込めて。

嫁の苦労も姑の苦労もしたことのない私は、果たして運が良かったのか悪かったのか、考えるとよく分からない。ただ、人間とは本当に厄介で、愛おしい生き物だと思っている。

◎登場した《めしのせ》
蟹の淡雪・金のさんま・しょうゆ豆・邦美丸の塩海苔・山椒味噌・いか昆布

第三話

【海の幸】女の別れ道

「こんばんは」

その日、開店と同時に店に一番乗りしたのはニコルだった。葛西駅前のフィリピンパブのホステスで、ナンバーワンの売れっ子だ。

「ママさん、アーモンドある？」

来日して十年以上になるそうで、日本語は流暢《りゅうちょう》だ。真ん中の椅子に座り、背もたれにショルダーバッグを引っかけた。

「あるわよ。バゲットとお豆腐、どっちが良い？」

「トーフ」

ニコルが注文したアーモンドとはキッコーマンこころダイニングの『サクサクしょうゆア

ーモンド』のことで、細かく砕いたアーモンドをオイルと香辛料で漬けたお取り寄せ商品だ。アーモンドの食感と香ばしい香りが素晴らしく、そのままで酒の肴や《ご飯のおとも》にもよく合うが、冷奴の薬味や、薄く切ったバゲットにのせてカナッペにしてもイケる。ニコルが豆腐を選んだのは、ダイエットに気を遣っているからだろう。

「ノンアル、飲む?」

「うん」

ニコルは「めしのせ食堂エコ」に来店すると、食事の前に、《ご飯のおとも》でノンアルコールビールを飲むのが定番スタイルだ。

ちなみに、ニコルが自腹で夕飯を食べるのは同伴の約束が入っていない時だけなので、店に来るのも月に二~三回程度だ。

フィリピンパブが日本で目立つようになったのは平成に入ってからだと思う。それから五~六年で全盛期を迎え、一時東京の繁華街にはフィリピンパブが林立していたものだ。従業員の女性たちは興行ビザを取得して来日し、名目上は歌手やダンサーだったが、実際にはホステス業務に従事していた。

ところが二〇〇四年、「来日したフィリピン女性は人身売買の被害に遭っているのに、日本政府は彼女たちを保護していない」と国連機関から非難声明を出され、興行ビザの取得基準が厳しくなり、合格できる人数は十パーセント以下に激減した。その結果フィリピンパブは次々廃業に追い込まれ、今はかつての十分の一以下になった。

今フィリピンパブで働いている女性たちは、日本人と結婚して在留資格を持っている者、親戚を頼って観光ビザで来日し、そのまま不法滞在を続けている者が多いという。

ニコルは三十二〜三歳だろうか。日本人と結婚して離婚した経験があり、在留資格を認められている。三十五歳までに資金を貯めて独立し、自分の店を持つのが目標だと言っていた。店を始めて間もなく、ニコルがふらりと立ち寄った。自宅マンションと駅の間にうちの店があるので、腹ごしらえをしようと思い立ったのだという。それ以来、緩く長いお付き合いが続いている。

商売熱心で頭の良い女性というのが第一印象だった。フィリピーナの明るいイメージからするとおとなしめだが、その分慎重で思慮が深い。きっと順調にお金を貯めて、独立して店を持てるだろう。

「ご飯、どうする?」

冷奴を食べ終わったニコルに訊いてみた。

「パスタ、出来る?」

ニコルは時々パスタを注文する。ほかにも麺類のリクエストをするお客さんがいるので、取り敢えずパスタとうどんと蕎麦は常備している。ただし、トッピングは《ご飯のおとも》に限られるが。

「良いわよ。ペペロンチーノかスパゲティジャパンになるけど……」

ペペロンチーノには陣中《じんちゆう》の『具の9割牛タン 仙台ラー油』を使う。スパゲティジャパンというのは私が勝手に付けたネーミングで、茹でたパスタを細切り塩昆布とオリーブオイルで和えただけの一品。ところがこれが、何ともバカウマなのだ。

「どっちにしようかなあ」

ニコルは空になったノンアルコールビールの缶を指先でもてあそんだ。

「新作、食べてみる?」

「なに?」

「『土佐の赤かつお』のパスタ。オイリーでニンニク風味だから、絶対に美味しいと思う」

「それ、食べたい」

私はパスタを茹で始め、上町池澤《かみまちいけざわ》本店の『土佐の赤かつお』の瓶詰を取り出した。刺身用の新鮮なかつおをじっくりと甘辛く煮込み、出汁の旨みを染み込ませてから、ガーリックオイルと一味でピリ辛に仕上げた人気商品だ。

もちろん強力な《ご飯のおとも》だが、最近ご飯に合うおかずはパスタにも合うことに気が付いた。タラコ、明太子、納豆などの和風パスタがそれを証明している。まだ試していないが、辛子高菜漬けもきっと合うと思う。

「お待たせ」

湯気の立つパスタの皿を前に、ニコルは目を輝かせた。

「ママさん、ノンアルもう一本」

ピリ辛のパスタには泡系の飲み物が合うのだ。

ほかにお客がいないので、ニコルは口の周りが汚れるのも気にせず、盛大にパスタを口に運んだ。

「あ〜、美味しかった」

ニコルは皿を空にすると、バッグを膝の上にのせ、ティッシュで口の周りを拭い、コンパクトを取り出して化粧を直した。

私はその間にほうじ茶を淹れ、カウンターに置いた。ニコルはゆっくりとほうじ茶を啜《すす》ると、湯呑を置いてじっと私の顔を見た。

「ママさん、わたし、プロポーズされた」

「そう。それはおめでとう。それとも迷惑してる？」

ニコルは美人でスタイルも抜群に良い。言い寄る男は星の数だろう。そのうちの何人かはプロポーズしてもおかしくない。

「嬉しかったよ」

「そう。良かったわね」

だが、ニコルは悲しそうに目を伏せた。

「わたし、子どもがいる。治りにくい病気で、お金かかる」

私は何と言って良いか分からず、ただニコルの顔を見返して、続く言葉を待った。

「彼、すごく良い人。四十五歳。学生時代、交通事故で顔に大きな傷が出来た。それで今まで結婚しなかったらしい。だから、プロポーズするの、とても勇気が要ったって」

「ニコルはその人が好きなのね」

ニコルはしっかりと頷いた。

「彼、優しい。顔の良い男いっぱい知ってるけど、ウソばっかり。彼、リライアブル、オネスト」

いつもはもっと流暢な日本語を話すのだが、内面を言葉にするのは勝手が違うのだろう。信頼できる、正直という言葉が英語になった。

「結婚したいと思う?」

ニコルは考え込む顔になった。

「子どものこと話したら、彼、結婚をやめるかもしれない」

「もしそうなら、そういう人とは結婚しても上手く行かないと思うわ」

私はニコルに子どもがいることを初めて知った。異国で結婚して離婚し、女手一つで子どもを育ててきたのなら、それだけでも立派なことだ。その価値を分からない相手と結婚しても、幸せにはなれない。きっと不幸になるだろう。

「結婚したら、お店はどうするの？」

ニコルは落ち着いた口調で答えた。

「諦める。お店やって、奥さんやって、お母さんやって、それ、全部やるの、無理」

「今まで頑張ってきて、お店諦めるの、後悔しない？」

「しないよ。新しい何かを手に入れようと思ったら、今の何かを手放さないといけない」

私はニコルの覚悟にすっかり感心してしまった。

「ニコル、えらいね」

ニコルは照れたように小さく笑みを浮かべた。

「十七でフィリピンを出て、同じ年月日本にいる。もう、日本の暮らしの方が合ってて、フィリピンへ帰っても上手く行かないと思う。だから最後まで日本で暮らしたいと思ってる」

そして、決意を固めたように、まっすぐ前を見た。

「彼に全部話す。それで結婚ダメになったら、諦める。また、お店持てるように頑張る」

私は何度も頷いた。

「そうよ。頑張ってね」

店を出て行くニコルの背中に、私は声をかけた。

「行ってらっしゃい！」

◎登場した《めしのせ》
サクサクしょうゆアーモンド・具の9割牛タン 仙台ラー油・土佐の赤かつお

第四話

【お肉】さらば、ブラック企業！

深夜十二時半を過ぎると、遠くから電車の発車音が聞こえてくる。東京メトロ東西線葛西駅に停車する下り最終電車の音だ。終点は妙典《みょうでん》駅。葛西駅の四つ先、西船橋駅の二つ手前になる。

時計を見ると十二時四十分。そろそろ来る頃かなと思っていると、入口の戸が開いて永井《ながい》誠也《せいや》が入ってきた。

「いらっしゃい。お疲れさまでした」

いつものようにねぎらいの声をかけると、永井は倒れ込むように椅子に腰を下ろし、カウンターに肘をついた。

相変わらず疲れ切っている。顔は最近、皮膚の色が青黒くなってきた。このまま疲れが高じたら、いったいどうなるのだろう。

「どうぞ」

私はまずほうじ茶を出した。熱すぎないように、十分前に淹れて冷ましておいた。永井はお茶を飲み干すと、やっと人心地のついたようにため息を漏らした。

「おばさん、今日の味噌汁、何?」

ちなみに花柳《かりゅう》界においては、現役の女性はどんなに高齢でも「おねえさん」と呼ぶように、食堂では「おばさん」もしくは「おばちゃん」と呼ぶのが仁義だ。若い女性は「おねえさん」になる。

「アラ汁か大根の千六本《せんろっぽん》」

「じゃ、大根ね」

永井は魚の骨を取るのが苦手で、以前喉に骨を刺したことがあるとかで、それに懲《こ》りて骨のある魚は避けているという。当然アラ汁はNGだ。

「《ご飯のおとも》、どっちが良い?」

「何が」ではなく「どっちが」と訊いたのは、永井がこの店で選ぶのは陣中の『具の9割牛タン 仙台ラー油』か、静岡の焼肉Uの『ぶっかけコンビーフ』と決まっているからだ。

牛タンラー油は、甘辛く煮込まれた柔らかな牛タンを、唐辛子、にんにく、牛タンエキスなどを調合したごま油ベースのラー油に漬け込んだ《ご飯のおとも》だ。具の九割が牛タンという圧倒的な肉の存在感と、辛すぎないラー油の美味しさが一体となって、ご飯が止まらなくなる。

『ぶっかけコンビーフ』は、黒毛和牛のテールと伊豆の白浜海岸の海水から手作りした天然塩「満潮」を使用したコンビーフだが、ご飯にかけて食べるように、柔らかなフレーク状に加工されている。これもまた、ご飯が止まらなくなる逸品だ。

「牛タン」

「はい、毎度」

私はなるべく明るい声で答え、準備にかかった。牛タンラー油はそのまま白いご飯にのせても美味しいが、ゆでたまごや豆腐にトッピングしたり、じゃじゃ麺の味噌に混ぜるのもお勧めだ。そしてもちろん、たまごかけご飯とも相性はバッチリ。

丼にガスで炊いたご飯を盛り、牛タンラー油をトッピングすると、その真ん中に卵黄を落とした。これでスタミナはアップする。

「お待ちどおさま」

《めしのせセット》の盆を置くと、永井はものも言わずに食べ始めた。きっと、まだ夕飯を食べていなかったのだろう。

永井が初めて店を訪れたのは、一昨年の夏だった。その時も最終電車で帰ってきて、手にはコンビニの袋をぶら下げていた。家は店から徒歩一分だという。

その後一週間、永井は月曜から土曜まで、毎晩最終電車が終わった後で店にやってきた。

「お仕事、大変ですね」

永井は曖昧《あいまい》に笑ってから「来週は海外出張なので来られません」と言った。

「あらあ、海外にいらっしゃるんですか。ご活躍ですね」

「いや、営業なんで、色々」

永井はまたしても曖昧な微笑を浮かべて言葉を濁した。

仕事関係に触れられるのが嫌なのかもしれない。私は反省して、言葉を慎むように気を付けた。


この一年半で、永井の生活パターンはよく分かった。月の半分は海外出張で、日本にいる時は早朝から深夜まで会社で働いていた。深夜、駅前のコンビニで買ってくるのは翌日の朝食と昼食で、つまり昼食を買いに行く暇もないくらいこき使われているのだった。

言葉に出さなくても、私が永井に同情し、健康を案じている気持ちは伝わったらしく、去年の春からは、ぽつりぽつりと身の上を漏らすようになった。

永井は現在四十四歳で、就職氷河期に大学を卒業した。就活に励んだが内定をもらえず、アルバイトをしながら正社員採用の会社を探し、三十歳の時やっと今の会社に雇用された。中堅どころの機械メーカーで、海外との取引もある会社だった。経済学部出身の永井は事務処理能力を評価されたらしい。

「嬉しくて、飛び上がりましたよ。だから会社のために、一所懸命働こうと思いました」

給料は正直安かったし、仕事は無味乾燥で、サービス残業も度々だった。それでも安定した身分を保証されて給料をもらえることを思えば、不満はなかった。

「一昨年の夏、上司の勧めで事務職から海外営業職に異動しました」

「どういうお仕事ですか？」

「海外の取引先に、うちの製品を売り込む仕事です。メンテナンスの相談も受けます。僕は理数系じゃないから、機械の構造を理解するのが苦手です。それに、英語も得意じゃないです。でも、専門用語を覚えて説明できないといけなくて……」

英語だけでなく、最低限の現地語も理解できなくてはならなかった。会社からは強化訓練を受けるように指示され、成績がはかばかしくないと叱責が続いた。

「休みの日も移動日でつぶれてしまうし……。去年の夏から、一日ゆっくり休んだことはないんです」

永井は上司に叱責されるたびに動悸が激しくなり、過呼吸の発作を起こしたこともあった。

私はご飯を食べ終えた永井に熱いほうじ茶を出した。

「今年になって、チック症がひどくなりましたね」

永井は驚いて顔を上げた。

「分かりますか？」

「当たり前ですよ」

私は居住まいを正して永井の顔を正面から見た。

「はっきり言いますよ。お宅の会社はブラック企業です」

永井は咄嗟に何か言おうと口を開きかけたが、すぐに閉じた。思い当たる節があったのだろう。

「文系出身で理数系の知識のない人を、専門的な知識を必要とする部署に異動させるなんて、理不尽この上ありません。おまけにあなたは英語のアドバンテージがないのに、英語で営業をしなくちゃならない。その上、ほかの外国語もマスターしろだなんて」

永井は居心地悪そうに身じろぎした。自分の身に襲い掛かった理不尽と、かつて就職浪人だった身を拾い上げてくれた恩義との間で、葛藤しているのかもしれない。

しかし、私には分かる。そんな斟酌《しんしゃく》は無用だと。

「会社がどうしてそんな無茶をあなたに強いるか分かりますか？」

永井は戸惑ったように目を泳がせた。

「あなたをクビにしたいんです」

永井は大きく目を見開き、口を半開きにした。

「ただ、会社の方からクビを宣告すると、後始末が厄介です。正社員はよほどの不始末がないと、クビに出来ませんからね。だからあなたに自主的に退職して欲しいんでしょう。つまり、自分から辞めると言わせたいんですよ」

私は永井の顔から眼をそらさずに先を続けた。

「会社の悪意は成功しつつあります。あなたは激務に耐えかねて、心身に支障をきたしている。このままの状態が続いたら、過労死か自殺するかもしれない。それが会社の思うつぼなんですよ」

永井は黙って大きく息を吐き、ゆっくりと吸い込んだ。その顔に現れた驚愕が得心に変わり、最後は怒りに染まってゆくのを、私は黙って見守った。

「僕は、会社を辞めます」

迷いのない、きっぱりした口調だった。

「それが良いですよ。今は景気も回復傾向にあります。求人倍率も上昇中です。あわてずに探せば、今の会社よりましな仕事が、きっと見つかりますよ」

「はい。分かりました」

力強く頷いた永井に、私はひと言いい添えた。

「辞める前に、労働基準監督署に会社のことをチクってやるといいですよ。きっとビビりますよ。いい気味です」

人は理不尽に攻撃されたとき、やられっ放しだと心に傷が残る。だが、及ばずと言えども一矢《いっし》報いることが出来れば、心に積もった嫌な思い出を一掃することが出来るのだ。

「永井さん、頑張って。きっといい仕事が見つかりますよ」

私は心からのエールを送った。

◎登場した《めしのせ》
具の9割牛タン 仙台ラー油・ぶっかけコンビーフ

第五話

【佃煮】ハートと胃袋

そろそろ夜更けて十時になろうかという時刻、勘定を済ませて出て行ったお客さんと入れ違いに、新しいお客さんが入ってきた。

「いらっしゃい」

深町《ふかまち》杏《あん》は「こんばんは」と挨拶してカウンターの椅子に腰を下ろした。出版社で編集をしているという四十代後半の女性で、編集者の常なのか、いつも大きなショルダーバッグか手提げ鞄を提げている。朝は割と遅いが、その代わり遅くまで仕事をすることが多く、うちへ来るときはいつも十時前後だ。

「お茶漬け食べたいんだけど」

杏はたいていさっぱりしたものを注文する。夜遅く脂っこいものを食べると胃もたれがするという。

普通の女性なら当たり前かもしれないが、私は人並み外れた大食いで、胃もたれや胸やけとは無縁だった。それを身をもって知るようになったのは還暦を過ぎてからのことだ。デパート勤務時代は、夜食にカツ丼を食べても平気だった。それを言うとみんなに呆れられるが。

「ええと、福島のおびすや『ピリカラ青のり佃煮』、福岡のあき津『天然だし明太子「天」』、山口の井上商店『しそわかめ』、あとは秋田の安藤醸造『いぶり麹たくあん』、長崎の松庫《まつくら》商店『生からすみ』……こんなとこですかね」

私はお茶漬けに合いそうな《ご飯のおとも》を列挙した。

「青のり佃煮」

杏は即答した。『ピリカラ青のり佃煮』は、福島県松川浦のアオサの香りと、後から追いかけてくるほんのりとした辛さがやみつきになる。丁寧な手作りで、口に入れるとアオサの葉一枚一枚が分かるような食感の佃煮だ。

「お味噌汁、長芋とろろとかき卵《たま》なんだけど」

「とろろの味噌汁?」

「静岡じゃ一般的なんですよ。東京はとろろを出汁醤油で伸ばすけど、静岡は味噌仕立ての出汁で伸ばすの。その、あったかい版みたいな感じ」

長芋は胃に優しくスタミナが付く。夕飯が海苔佃煮のお茶漬けだけでは、いかにも貧弱だ。

「それじゃ、長芋とろろの味噌汁、もらうわ」

杏はそう答えるとショルダーバッグからＡ４判の紙の束を取り出して、読み始めた。仕事が好きなのだろう。そして仕事以外に好きなことがなくなってしまったのかもしれない。

杏が「めしのせ食堂エコ」を利用するようになったのは三年ほど前だ。冬の夜、やはり十時頃にふらりと立ち寄ってご飯を食べ、帰って行った。それ以来、何処を気に入ってくれたのか、ご飯と味噌汁とお取り寄せの《ご飯のおとも》しかないこの店に、週に二〜三回通ってくれている。

その後、何度か言葉を交わすうちに、杏も葛西の出身で、自宅が駅から徒歩十五分ほどの場所にあると知った。我が家とは環七通りをはさんだ反対側の方だ。両親は実家を処分して既に老人介護施設に入居し、杏は一人で中古の分譲マンションに住んでいるという。

「前は三軒茶屋に住んでたんだけど、離婚して戻ってきたの」

去年の暮れ、杏は話のついでのように漏らした。この店の良いところは、一膳めし屋なので長居するお客さんがいないところだ。ちょっと待っているとほかのお客さんは帰って、女将の私だけになる。その時の杏は、二人だけになる機会を待っていたような気がする。

「別れた旦那は編集者でね。会社は違ったけど同じ作家を担当してたのが縁で知り合って……」

たちまち意気投合して結婚したという。

「お互い二十五歳だったから、勢いがあったのよね」

編集者同士だから、当然二人とも本が好きだった。そしてそれ以外にも映画、音楽、演劇と、趣味を同じくし、とても気が合った。

「ただ、お互い忙しくてね。休みが合うと二人で出かけて楽しんだけど、家にいる時は二人とも何もする気力もなくて、寝てばっかり……あら、変な意味じゃないわよ」

「分かってますよ」

「彼は男性としてはすごく理解のあるほうだった。掃除も洗濯も、全部分担してくれて。家にいる時はご飯なんか作らなくても良いって言ってくれたわ。コンビニも出前もテイクアウトもあるんだからって。私、正直、料理が苦手なの。だからすっかりその言葉に甘えてた」

その代わり、休みの日は二人で外食を楽しんだ。ネットや雑誌で美味しい店を探しては、二人で出かけてた。杏は外食の代金は惜しみなく払い、夫は少し多く出してくれた。

「良い方ですね」

「私もそう思ってた。ところがある日、急に離婚してくれって言い出したのよ。記念すべき結婚二十周年って時に」

夫は誠実で嘘の吐けない性格で、正直に「ほかに好きな女性が出来た」と告白した。

「会社の近所に新規オープンした定食屋の女将だって。手作りおばんざいが売りの店で、毎日そこでランチするうちに、そこのご飯を夜も食べたいと思うようになったんだって」

以心伝心で、女将の方も元夫の好意に気づき、満更でもなくなったらしい。二人は男女の仲になり、いよいよ離れられなくなったという。

「君には本当に申し訳ない。すべて僕の責任だ。家も貯金も、全部君に慰謝料として渡す。だから、別れてくれ」

杏は返す言葉が見つからなかった。

「嵐寛寿郎《あらしかんじゅうろう》じゃあるまいし、カッコつけんなよって思ったけど、彼、真剣だった。しょうがないから慰謝料もらって家を出たわ。彼の家だから、そのまま住むわけにいかないでしょ。それに、三茶って都心に出るのは不自由なのよ。物価も高いし。その点、葛西は良いわよね。大手町まで直通で十七分だもん」

杏は冗談に紛らわせたが、その眼はわずかに潤んでいた。

「料理とマッサージの上手い女は評価が高いとかって聞くと、昔はフンッて思ってた。でも、実例を目の前で見せられるとね。相手の女性、私より年上でブスなのよ」

傷ついている杏に反論する気はなかったが、夫がその女性に走った理由は、料理だけではあるまいと思われた。男女の仲は、いや、人間関係はすべて縁で始まる。縁は異なもので、続くこともあれば切れることもある。同業者で趣味趣向の合う杏と、若い頃は深い縁《えにし》で結ばれていたのが、年を経るに従ってそれがむしろ鬱陶しくなり、まったく別のタイプの女性に惹かれたのかもしれない。

その夜、食事を終えた杏に「良かったらつまみませんか」と、ほうじ茶と『和風らー油べっぴん奈良漬』を出した。刻んだ奈良漬と昆布を上質なごま油と、菜種油で和えたものでお茶請けにも良い。もちろん、酒のつまみにも。

「ありがとう」

杏は奈良漬をつまみ、ほうじ茶を啜ると、しみじみと言った。

「ここへ来るようになって、たまに思うのよね。料理を難しく考えないで、出来る範囲で作ってあげること、出来たなって」

杏は店の中を見回した。

「別に毎日、お店で出すようなご馳走作ることないのよね。ご飯炊いて、味噌汁作って、《ご飯のおとも》はお取り寄せで充分。それでもコンビニ弁当をチンするのとは、全然ありがたみが違うもん。ここで夜ご飯食べるようになって、つくづくそう思った」

杏は湯呑茶碗に目を落としてため息を吐いた。

「このお店みたいな夕飯出してあげたら、彼、私と離婚しなかったのかな」

私は静かに首を振った。

「そんなこと、分かりませんよ。料理の上手い奥さんを捨てて、料理のできない女流作家と結婚した男性もいますからね」

これはその女流作家のエッセイで読んだ。

「それに別れたご主人だって、新しい奥さんとの生活がうまくいってるかどうか、分かりませんよ。お客で店に行くのと、その店の女将の夫になるのでは、ずいぶん違いますからね」

定食屋の仕事が忙しくて、家庭では料理をする暇もなく、夫にはコンビニ弁当を食べさせている可能性だって否定できない。

「だったら、ざま見ろ」

杏は屈託のない笑顔を見せた。

「でも、本音はやっぱり、彼には幸せになってほしい。ほかの女に盗られたのは悔しいけど、それ以外、何の恨みもないから」

私は杏の幸せも祈らずにはいられなかった。

◎登場した《めしのせ》
ピリカラ青のり佃煮・天然だし明太子「天」・しそわかめ・いぶり麹たくあん・生からすみ・和風ラー油べっぴん奈良漬

めしのせ案内

その壱

発酵のちから
サクサクしょうゆアーモンド
調味料
具入り
香ばし具材
ゆで野菜や
cocoro dining

ふりかけ

海の幸

お肉

佃煮

海苔と昆布

漁師や海苔屋さんのまかない飯

ぶっかけ海苔めし

守屋／千葉県

乾海苔とアオサ、鰹節、青海苔を絶妙な分量でブレンドした「ぶっかけ海苔めし」。ひとつかみ、ふたつかみをパッとご飯にかければ、海苔と鰹節の香りがふわっと芳しく、それぞれの食感もクセになる。こうした〝漁師めし系〟のふりかけはほかにもありますが、僕が推す理由は上質な青海苔とアオサをたっぷり使う点にあり。化学調味料や添加物はもちろんのこと、醤油や塩などの調味料を使わずとも香りと味わいが格別で、ずばり素材が持つ旨みそのもの！　そのままでも充分なほどおいしいですが、醤油やめんつゆを少しかけてもよし。味噌汁やうどんに加えてもおすすめですよ。

お酒との相性度　★☆☆☆☆
贈答向き度　★★★★☆

712円
1袋：22g

千葉県市原市岩崎西1-1-30
［注文］https://moriya-tyanoyu.shop-pro.jp　☎0436-21-1064　［発送］常温

100年以上愛され続けるロングセラー

御飯の友

フタバ／熊本県

「御飯の友」が熊本で誕生したのは大正2（1913）年のこと。当時、日本人のカルシウム不足を補うため、薬剤師の吉丸末吉《よしまるすえきち》が「魚を骨ごと細かくして、おいしく味付けてご飯にかけて食べる」という方法を考案したのが、このふりかけの原点です。「子どもたちに大きく育ってほしい」という吉丸の熱い願いは、現在も引き継がれ、「魚の苦手なお子さんでもおいしくカルシウムを摂取できる」よう、原材料の約40％に「いりこ」を使用。品質管理も厳密で、いりこを選別する専任の従業員もいるほど。甘辛い醤油味を軸にたまご粒子、海藻、海苔、白ごまを配合した、どこか懐かしい郷愁のある味わいです。

お酒との相性度 ☆☆☆☆☆
贈答向き度 ★★☆☆☆

238円
1袋：50g

熊本県熊本市西区城山上代町68番地1
［注文］https://www.futabaen.net ☎0120-356-753 ［発送］常温

のせても混ぜても旨い

しそわかめ

井上商店／山口県

山口県萩市でふりかけといえば「しそわかめ」。萩は日本海に面し、真ふぐや甘鯛などの海産物が豊富で、なかでもわかめは盛んに採られていました。先人たちは新鮮なわかめを天日に干して刻み、《ご飯のおとも》にしていたそうです。そんな食習慣をもとに昭和55（1980）年に誕生したのが「しそわかめ」で、今やその知名度は全国区。やわらかく、適度な歯応えのわかめに、しそ、ごま、鰹出汁による味付けで、幅広い世代に人気です。ご飯に混ぜておむすびにしてもおいしいですが、地元のみなさんは塩おむすびの表面に「しそわかめ」をまぶすそうですよ。一度お試しを。

お酒との相性度 ★★★☆☆
贈答向き度 ★★☆☆☆

432円
1袋：80g

山口県萩市東浜崎町9-1
［注文］https://webshop.hagiinoue.co.jp ☎0838-22-0812 ［発送］常温

「全国ふりかけグランプリ」で殿堂入り

いか昆布

澤田食品／兵庫県

ごく薄くスライスされたイカを主役に、昆布とごま、アオサを加えて、食感にアクセントを添える「いか昆布」。ふりかけの日本一を競う「全国ふりかけグランプリ」で二度も金賞を受賞し、殿堂入りするほどその旨さはお墨付きです。息をふきかけたら飛んでしまいそうなほど軽やかで、熱々のご飯の上に盛ると、ふわっと香りが立ち、なんとも食欲をそそります。箸を進めると、イカの甘みと昆布の旨み、そしてごまの香ばしさやアオサの磯の香りなどが口いっぱいに広がります。イカも昆布も噛めば噛むほどに旨みが引き出される食材。ご飯とともにいただくたびに、おいしさが倍増します。

お酒との相性度 ★★★★★
贈答向き度 ★★★☆☆

540円
1袋：80g

兵庫県神戸市西区高塚台5丁目4番15号（神戸食品工業団地内）
［注文］https://www.shop.sawada-food.co.jp ☎0120-43-0666 ［発送］常温

北海道といえば鮭、鮭といえばルイベ漬

鮭ルイベ漬

佐藤水産／北海道

国内屈指のグルメ王国・北海道。おいしいものを挙げればキリがありませんが、おすすめはなんといっても「鮭ルイベ漬」です。ルイベ（ペ）とはアイヌ語で「ル＝溶ける、イベ（ペ）＝食べ物」のことで、刺身用に凍らせた生鮭をルイベといい、北海道ではお馴染みの品ですよね。北海道の海産物専門店・佐藤水産の「鮭ルイベ漬」は天然の鮭に、これまた天然のイクラを合わせて、鮭の旨みが凝縮された自家製の魚醤《ぎょしょう》である「鮭醤油」で漬け込んだもの。とろりほぐれ、ねっとりとした濃厚な食感は《めしのせ》にぴったり。山口さんの小説（第十話）に登場する「鮭醤油のラーメン」も食べてみたいものです。

お酒との相性度 ★★★★★
贈答向き度 ★★★★

1390円
1カップ：150g

北海道札幌市中央区宮の森3条1丁目5-46
［注文］https://www.sato-suisan.co.jp/shop ☎0120-310-041 ［発送］冷凍

三大珍味のからすみをふりかけに

生からすみ

松庫商店／長崎県

塩うに、このわたとともに日本三大珍味にして高級品でもある「からすみ」はボラの卵巣を塩蔵し、乾燥させたもの。その姿が〝唐の墨〟に似ていることから、この名が付いたとか。濃厚な旨みと香りが強く、酒の肴という印象で《ご飯のおとも》にはちょっと……と思っていました。ですが、明治19（1886）年創業の松庫《まつくら》商店の「生からすみ」はご飯にのせてこそ本領を発揮。喩えるなら「上品なたらこ」のようで、繊細な粒々感と磯の香り、ほのかな塩辛さがたまりません。小さじ一杯でも、ご飯一膳がペロリといけるのです。コクがあり、醤油代わりにイカや白身のお刺身に用いても絶品です。

お酒との相性度 ★★★★☆
贈答向き度 ★★★★☆

2376円
1瓶：80g

長崎県長崎市桜馬場二丁目四番十五号
[注文] http://www.matukura.jp/nama_karasumi.html ☎095-825-6020 [発送] 冷蔵

身もタレも美味なる《ご飯のおとも》

金のさんま

斉吉商店／宮城県

秋刀魚が庶民の味方だったのはもはや昔……になりつつある昨今、一年中、手軽においしくいただける秋刀魚の佃煮はありがたい存在です。創業90年の斉吉《さいきち》商店が手間ひまかけてつくる「金のさんま」は、長年継ぎ足したタレ（返しタレと呼びます）と生姜で秋刀魚をじっくり煮込み、皮や小骨、背骨までもがやわらかく仕上がっています。まるごと食べられる身のおいしさは言うまでもありませんが、返しタレも絶品。味の決め手となるこのタレは、東日本大震災の際に、スタッフが命懸けで持ち出して守り抜いたそうです。ご飯にのせるときは、タレもたっぷりかけてどうぞ。

お酒との相性度 ★★★★☆
贈答向き度 ★★★★☆

1188円
1袋：4切れ

宮城県気仙沼市潮見町2丁目100-1
[注文方法] https://www.saikichi.jp ☎0120-251-761 [発送] 冷蔵

さば×カレー×味噌の三位一体

さばのドライカレー

あじ屋／宮崎県

九州有数のまき網船団の基地がある、宮崎県北浦漁港の近くで水産加工業を営む、あじ屋がつくる「さばのドライカレー」。「魚が苦手なお子さまにも食べてもらいたい」という想いが込められた《ご飯のおとも》です。使われる鯖は水揚げされたばかりの新鮮なもの。これを丁寧に下拵《したごしら》えしてカレーのスパイスをプラス。このスパイスがポイントで、カレーに味噌を加えてコクを出し、日本人好みの和風ドライカレーになっています。熱々のご飯にのせると、鯖の風味とマイルドなカレーの香りが漂います。おむすびにもぴったり。野菜スティックのディップとしてもバッチリです。

お酒との相性度 ★★★☆☆
贈答向き度 ★★★★☆

802円
1瓶：85g

宮崎県延岡市北浦町古江2429
［注文］https://taberutokurasuto.com/shop/ajiya/ ☎0982-45-3050 ［発送］常温

料亭の〆ご飯を自宅で

蟹の淡雪

開花亭／福井県

明治23（1890）年に創業した福井の料亭、開花亭《かいかてい》。越前がにの地ならではの蟹懐石に定評があり、冬期の料理の〆に供される「カニめし」も名物のひとつ。そんな料亭の味を自宅で楽しめるのが「蟹の淡雪」。封をあけると蟹の香りが漂い、箸で持ち上げると軽やかでふんわり。熱々のご飯にのせると、まさに淡雪のように溶けてしまいそう。舌触りはしっとりと繊細で、丁寧にほぐした蟹の身を、地元・福井県の地酒と醸造酢、酒精のみでじっくり時間をかけて（ときには8時間も！）煎り上げたことが実感できるはず。自ずと、食べるスピードもゆっくりになる、贅沢な《ご飯のおとも》です。

お酒との相性度 ★★★☆☆
贈答向き度 ★★★★★

3456円
1パック：40g
（2パックから発送）

福井県福井市中央3-9-21
［注文］https://www.kaikatei.shop ☎0776-89-1009 ［発送］冷蔵

秘伝のタレが染み渡る

土佐の赤かつお

上町池澤本店／高知県

鮭や鯖などの身をほぐして調味し、瓶に詰めた魚のフレークは《めしのせ》の代表格。数ある魚フレークのなかでも、僕は「土佐の赤かつお」に目がありません。これは鰹の本場、高知市で150年以上続く老舗の鮮魚店・上町池澤本店《かみまちいけざわ》が長年つくり続けているもので、刺身でも食べられる新鮮な鰹を、50年以上も受け継がれてきた醤油ベースの秘伝のタレで煮込んだもの。甘辛さに加えて、パンチのあるガーリックオイルと唐辛子（一味）の辛さが相まって、とにかくご飯がパクパクと進むフレークなのです。冷奴にも、パスタにも、ピザにも、さらにはたまご焼きの具にも合う品です。

お酒との相性度 ★★★☆☆
贈答向き度 ★★★☆☆

740円
1瓶：120g

高知県高知市上町4-3-11
［注文］https://www.kamimachi-ikezawahonten.jp ☎088-823-5225 ［発送］常温

職人が手づくりする究極の明太子

天然だし明太子「天」一本売り

博多あき津　福岡県

辛子明太子とご飯の相性のよさは誰もが知るところ。でも調味液の添加物が心配という方もおいででしょう。「納得のいく明太子がない。ならば、身体にもやさしい明太子をつくろう」と、他業種で成功を収めていた安田樹生さんが一念発起して、明太子メーカーの「あき津」を立ち上げました。その言葉通り、素材は全国各地から自身で見つけた逸材ばかり。鰹節と昆布の出汁と醤油、みりん、そして専用に醸した純米酒で漬け込んでいます。とくに「天《てん》」は、本当によい真子《まこ》が入ったときにのみ製造。味の決め手となる唐辛子は希少な国産を使用し、辛みを立たせるため最後にひとふり。旨さに唸ります。

お酒との相性度 ★★★★☆
贈答向き度 ★★★★★

2900円
1本：75g

博多あき津　福岡県福岡市東区香椎駅前3丁目19-10
［注文］https://www.akizu.co.jp ☎092-672-6005 ［発送］冷蔵

牡蠣好きにはたまらない濃厚な旨み

牡蠣じゃん

倉崎海産／広島県

広島湾に自社の牡蠣《かき》養殖所を持ち、調味した焼き牡蠣のコーン油漬けなど加工食品が得意な倉崎海産。そんな牡蠣加工のヒットメーカーがつくる「牡蠣じゃん」は、僕にとって牡蠣を使った《めしのせ》No.1。自社で育てた牡蠣をペースト状にし、玉ねぎ、にんにく、唐辛子、醤油などを加え、濃厚な牡蠣の旨みと刻んだ玉ねぎのシャキシャキとした食感と甘みが絶妙です。前社長の倉崎博之さんが「牡蠣が苦手な方にも食べてほしい」と語る自信作。〝じゃん〟とは中華や韓国料理で使うペースト状の調味料のこと。ピリ辛具合もちょうどよく、濃厚な牡蠣の旨みと相まって、味がキリッと締まります。

お酒との相性度 ★★★☆☆
贈答向き度 ★★★☆☆

1620円
1パック：160g

広島県広島市安芸区船越南3丁目6-25
［注文］https://kurasaki.co.jp ☎082-823-0144 ［発送］冷蔵

ご飯にかける専用のハンバーグ！

ご飯にかけるハンバ具ー

キッチン飛騨／岐阜県

ここ10年ほどの《ご飯のおとも》のトレンドとして、「ご飯にかける餃子」に代表されるような、おかずを瓶詰にして味を再現した「ご飯にかける○○系」が注目を浴びています。この品もそのひとつで、飛騨牛専門のステーキ店・キッチン飛騨が開発。ハンバーグの形状ではないものの、飛騨牛100%のひき肉を特製デミグラスソースで味付けをして瓶に詰めています。このアイデアは、キッチン飛騨の河本芳幸さんが「お皿に残ったハンバーグのつぶをご飯にかけて食べたら、あまりにもおいしかった」ことがきっかけ。〝具ー〟はハンバーグの〝具〟を強調したもの。ネーミングも光ります。

お酒との相性度 ★★★☆☆
贈答向き度 ★★★☆☆

756円
1瓶：120ｇ

岐阜県高山市越後町2500-7
［注文］https://shop.kitchenhida.com ☎0120-109-386 ［発送］常温

焼肉店による創作系コンビーフ

ぶっかけコンビーフ

焼肉U／静岡県

黒毛和牛の牝牛のみを扱う焼肉店が、コロナ禍に開発した「ぶっかけコンビーフ」。ゆえにこのコンビーフの肉も黒毛和牛の牝牛のテールのみ使用。テールはコクが強く、ほどよい甘みが特長で、ご飯にのせるとしっとりとしたやわらかさ。それがご飯に染み渡り、口の中に旨さが広がります。また、コンビーフづくりに欠かせないのが塩。店が、伊豆最大のビーチと称される下田の白浜海岸に近いため、このあたりの海水からつくられた天然塩を使用。にんにくで味にパンチを効かせ、玉ねぎの甘みとごま油の風味でさらに食欲を刺激します。ここに卵黄を落とすと、さらに旨さ爆発です。

お酒との相性度 ★★★★☆
贈答向き度 ★★☆☆☆

980円
1瓶：120g

静岡県下田市白浜1692-1
［注文］https://mesu-ushi.com ☎0558-23-0337 ［発送］冷蔵

ほぐされているからよく絡む

黒豚チャーシュー魔法の肉かけ

島田屋×AKOMEYA TOKYO／鹿児島県

《ご飯のおとも》のトレンドを語るうえで欠かすことのできないAKOMEYA TOKYO。和をテーマにした食のセレクトショップで、270種類以上もの《ご飯のおとも》があるなかで、僕が一番好きなのが鹿児島の老舗精肉店・島田屋とAKOMEYAとのコラボ品「黒豚チャーシュー魔法の肉かけ」です。鹿児島県産の黒豚の希少部位を手作業で丁寧にほぐし、甘口醤油で仕上げた〝ほぐしチャーシュー〟は熱々のご飯にのせると、じゅわっと豚の脂と秘伝のタレが溶け出します。豚肉の脂身が繊維状だからこそ、口の中でお米と絡み、チャーシューの旨みとお米の甘みがしっかり合わさる感覚を楽しめます。

お酒との相性度 ★★★☆☆
贈答向き度 ★★★☆☆

1296円
1瓶：120g

AKOMEYA TOKYO 東京都渋谷区千駄ヶ谷2-11-1
[注文] https://www.akomeya.jp/ 電話注文不可 [発送] 常温

瓶の中に牛タンがゴロゴロ

具の9割牛タン 仙台ラー油

陣中／宮城県

仙台の牛タン専門店・陣中《じんちゅう》の看板商品で、2011年の発売以来、累計360万個も売れている「具の9割牛タン 仙台ラー油」。牛タンなのか、ラー油なのか、名前だけでは判別できませんよね（笑）。僕もはじめて瓶に匙《さじ》を入れたとき、非常に驚きました。そぼろ状の牛タンかと思いきや、ずっしりゴロッとした牛タンが出てきたのです。瓶の中にギッシリと詰められていて、「具の9割」はダテじゃないと納得。味付けもよく、ラー油といえども、醤油ベースで辛さは控えめで、牛タンのエキスが滲み出ているのもよし。具を食べ終えたあとの残り汁だけでもご飯が進みます。

お酒との相性度 ★★★☆☆
贈答向き度 ★★★☆☆

900円
1瓶：100g

宮城県名取市閖上東三丁目9-1
［注文］https://shop.jinchu.jp ☎0120-72-3850 ［発送］常温

真っ赤な見た目とは裏腹に……

ジャン辛もつ煮

チカラ印（雷太郎）／群馬県

群馬のもつ煮専門店・雷《かみなり》太郎《たろう》による「ジャン辛もつ煮」。見た目はとても辛そうな赤いスープですが、辛さは控えめでマイルドな味わい。コクや甘みがあり、にんにくの香りもしっかりとあります。なによりも、もつがおいしく、プリッとした食感が持ち味の、チルドの白もつを使用。さらに専用の器具で、脂などを手作業で丁寧に取り除くことで絶品の「もつ煮」に。「もつ煮は《ご飯のおとも》ではなく、おかずでは？」と問われると反論しにくいのですが、ご飯が進むこと間違いなし！ 本書は、〝ご飯にのせるだけのめしのせ〟をご紹介するのが原則ですが、「ジャン辛もつ煮」は湯煎がマストです。

お酒との相性度 ★★★★★
贈答向き度 ★★☆☆☆

594円
1袋：225g

群馬県前橋市東片貝町433-3
［注文］https://kaminari-taro.shop-pro.jp ☎027-226-5578 ［発送］冷蔵

南国らしい甘旨い肉味噌

島豚ごろごろ

ゴーヤカンパニー／沖縄県

豚肉と味噌を使った《めしのせ》は数多く存在しますが、僕が「島豚ごろごろ」をすすめる理由は、おいしくてご飯に合うだけでなく、地域の特性が活かされているから。元ミュージシャンという異色の経歴を持つ、ゴーヤカンパニーの伊良皆《いらみな》誠《まこと》社長が、「地元・石垣島の役に立ちたい」という思いから開発したもので、石垣島産の三元豚《さんげんとん》をたっぷりと用い、味噌に黒糖を加え、沖縄のおふくろの味として知られる郷土料理「アンダンス（油味噌）」風の味付けに。味噌の甘みと豚肉の塩味や旨みがご飯にとっても合います。ほかにピリ辛タイプ、カレー味タイプも用意されています。

お酒との相性度 ★★★☆☆
贈答向き度 ★★★☆☆

756円
1瓶：120g

沖縄県石垣市字大川569-2
[注文] http://58shop.jp ☎0980-83-5814 [発送] 常温

佃煮

160年以上続く江戸前の味

佃煮詰め合わせ（曲物1号）

鮒佐／東京都

佃煮は小魚や貝、昆布などを醤油と砂糖で甘辛く煮付けたもの。そもそもは塩で煮込んだ保存食でしたが、幕末に鮒佐《ふなさ》の初代・大野佐吉が醤油で煮込んだことが現在の佃煮の祖となっています。当時、醤油は超高級品。センセーショナルなおいしさだったのでしょうね。そんな歴史を感じさせる包み紙とわっぱを開けると、昆布、ごぼう、あさり、海老、しらすが敷き詰められ、季節によっては小はぜが加わります。しっかりと味付けされた茶褐色で、ほんのひとつまみでも醤油の旨さが分かるほど。砂糖の使用はわずかで、甘くない佃煮こそ江戸の味と実感。曲物《まげもの》の容器はサイズ違いで9種類。まずは小さな1号を。

お酒との相性度 ★★★★★

贈答向き度 ★★★★

2300円（曲物1号）
5〜6種類：80g

東京都台東区浅草橋2-1-9
［注文］https://www.funasa.com ☎03-3851-7710 ［発送］常温

うどん県、香川の家庭の味

しょうゆ豆

大西食品／香川県

「香川には『しょうゆ豆』という旨い《ご飯のおとも》がある」と教えてくれたのは香川県出身の友人です。しょうゆ豆と聞くと、醤油の製造工程でできるもろみのようなものをイメージしましたが、大西食品の「しょうゆ豆」を試したところ、そこには想像を超えたしょうゆ豆が！　煎ったそら豆を醤油や砂糖ベースのタレに漬け込むため、醤油と砂糖の甘辛い香りが漂い、煎ったことによるホロッとした食感が新鮮です。甘口なので「ご飯に合うか合わないか」という論争が起こりそうですが、醤油のコクがあり《めしのせ》に認定です。そのままで箸休めにもよく、お茶請けにもピッタリです。

お酒との相性度　★★★★☆
贈答向き度　★★★☆☆

300円
1袋：170g

香川県丸亀市風袋町178番地
[注文] https://www.onisi.co.jp　☎0877-22-7385　[発送] 常温

ねっとり＆さっくりの甘旨さ

磯くるみ

佃食品／石川県

昭和21（1946）年に創業した、加賀の味を伝承する佃食品による『佃の佃煮』。佃煮入りの最中《もなか》を割り、熱々のお茶をかけてお茶漬けにする「器茶漬《うつわちゃづ》け」がこちらの名物ですが、僕のイチ推しは「磯くるみ」。くるみ、ぎんぽ白魚、川海老を甘く炊き上げ、白ごまを合わせた佃煮で、醤油よりも水飴が多く、甘くてねっとり。くるみの軽やかさも合わさり、噛むと小魚と川海老の旨みが甘みとともに広がります。ちなみに江戸で生まれた佃煮は参勤交代で全国に広まり、加賀藩では地元の食材であるくるみ煮やゴリ（小型のハゼ類）の佃煮が定着したとか。関東とも関西とも異なる、金沢ならではの佃煮です。

お酒との相性度 ★★★☆☆
贈答向き度 ★★★★☆

540円
1パック：100g

石川県金沢市大場町東828
［注文］https://shop.tukudani.co.jp 0120-112902 ［発送］常温

箸でもすくえる海苔の佃煮

ピリカラ青のり佃煮

おびすや／福島県

海苔の佃煮というと、ペースト状のものを思い浮かべるかもしれません。が、「ピリカラ青のり佃煮」は箸で持てるほどしっかりとした食感が魅力。海苔とごぼう、にんじん、イカを醤油と砂糖で甘辛く炊き上げ、唐辛子のピリ辛さが後追いしてくる味わいがクセになる《めしのせ》。存在感があるので惣菜としても充分満足できるのです。これをつくる「おびすや」は福島県相馬市で60年間続いた民宿でした。長年、地元の松川浦で獲れる魚介料理を提供していましたが、東日本大震災の被害を受け宿は廃業。地元の熱烈な声により、この佃煮が復活。今や全国で人気を博しています。

お酒との相性度 ★★★☆☆
贈答向き度 ★★☆☆☆

680円
1パック：220g

福島県相馬市和田字北迫9-7
［注文］https://www.obisuya.com ☎0244-26-7450 ［発送］冷蔵

海苔と昆布

徳島県民にとっての大定番
日の出印味付のり

大野海苔／徳島県

ひと口食べて「あ、旨い！」と思い、すぐさま卓上のパッケージをチェックしたのが、この海苔との出合いでした。見た目はふつうですが、ともかくおいしさが別格。有明海産の上級な海苔ならではの肉厚でパリッとした食感に感激したのです。ピリッと辛いけど辛すぎず、ほんのり甘さも感じさせるという絶妙なバランスで、一度食べると止まらなくなります。徳島市で50年以上続く大野海苔が手がけ、徳島ではソウルフードと称されるほど県民に親しまれているとか。質を重視するため、大量生産は行なわず、四国以外ではあまり流通していないので、お取り寄せでぜひ。

お酒との相性度 ★★★★☆
贈答向き度 ★★★★☆

535円
1パック：8切48枚
（板のり6枚分）

徳島県徳島市東沖洲2丁目24
［注文］https://www.oononori.co.jp ☎0120-155-807 ［発送］常温

じゅわりトロける食感の塩海苔

邦美丸の塩海苔

邦美丸／岡山県

岡山県の三大河川である、吉井川と旭川の合流地点に位置する玉野市胸上《むねあげ》。大河が合流する場所はミネラルが豊富でおいしい海苔の養殖に適した場所です。この地で海苔の養殖と加工を代々行なってきたのが邦美丸《くにみまる》の富永邦彦さん・美保さんご夫妻です。胸上産の海苔は分厚いのが特長で、具材をしかと支えられるため、おむすびやお寿司に適しています。つまりご飯に合うということ。邦美丸では良質な早摘み海苔を使用し、色・艶・香りの強いものを厳選。塩と植物油だけの味付けをした「塩海苔」は、パリッとした食感のあとに、海苔の香りが強く立ち上がり、口の奥でじゅわりとトロけるおいしさです。

お酒との相性度 ★★★☆☆
贈答向き度 ★★★★☆

1080円
1パック：8切80枚
板のり10枚分

岡山県玉野市胸上1109-5
［注文］http://kunimimaru.com ☎080-6240-9230 ［発送］常温

大阪といえば、これやで！

えびすめ

小倉屋山本／大阪府

大阪では昆布を使った《めしのせ》が欠かせません。江戸時代から明治にかけて北海道と大阪を結ぶ「北前船」が、北海道産の真昆布を運び、昆布の佃煮や塩昆布などが盛んにつくられるようになりました。歴史ある昆布専門のメーカーがいくつもあり、なかでも小倉屋山本は創業175年以上。三代目山本利助がはじめた「えびすめ」が名物で、まさに塩ふき昆布の元祖です。上品な昆布のうま味成分がじわじわと広がり、噛めば噛むほどに旨みが溢れ出し、白米の甘みが合わさり、さらにおいしさが倍増。この塩昆布が2～3枚あれば、ご飯一杯をゆうに食べられるほど。凝縮した旨みがたっぷりです。

お酒との相性度 ★★★★★
贈答向き度 ★★★★

2160円
1袋：70g

大阪府大阪市中央区南船場4丁目10番26号
［注文］https://ogurayayamamoto.jp　0120-415214　［発送］常温

めしのせ小説

その弐

山口恵以子

第六話

【海苔と昆布】ハッピーの兆しはすぐそこ

「こんばんは」

その夜、午後七時過ぎに十《と》倉《くら》悠《ゆう》真《ま》が店を訪れた。

「いらっしゃい」

「おばさん、今日の味噌汁、何？」

「さつま汁と、豆腐とわかめ」

「じゃ、さつま汁。それと、おにぎり」

「中身は何が良い？」

「梅あぶら」

和歌山の石神邑《いしがみむら》の『梅あぶら』は、果肉が自慢の梅干しに、玉ねぎやベーコンで香りを加え、さらりとしてクセのない米油で和えたもの。梅干しの旨みにこってりコクをプラスした、食べる調味料だ。

「めしのせ食堂エコ」は《ご飯のおとも》を小皿で添えるかトッピングするのが基本だが、既に開店から五年、お客さんからリクエストがあればおにぎりくらいは作るし、パスタ・うどん・蕎麦など麵類も提供する。

悠真のおにぎりはちょっと特別で、普通の焼き海苔ではなく、味付け海苔を使う。徳島の名産、大野海苔の『日の出印味付のり』が定番だ。母の七枝《ななえ》が徳島出身で、悠真は子どもの頃から『日の出印味付のり』に親しんできた。関西ではおにぎりも味付け海苔だというから、名産の味付け海苔のある徳島なら猶更《なおさら》かも知れない。

どうして私が悠真の家庭に詳しいかというと、じつは悠真の家は私の隣なのだ。

三十五年前、私と両親は今の家に引っ越してきた。私の家の建っている区画は全部同時に売り出された建売住宅で、だからご近所はみんな同じ年に引っ越してきた。私の家は五メートル道路に面しているので、それで住居兼店舗に改装することを考えた。路地の奥だったら、さすがに躊躇《ちゆうちよ》しただろう。

三十五年の間には住民の入れ替わりもあったが、半分以上は残っている。十倉家もその一軒で、最初の住人は七枝と龍治《りゆうじ》の若夫婦だった。三十五年前に長女真弓《まゆみ》が生まれ、二十八年前に悠真が生まれた。十年前、真弓は英国人と結婚して渡英した。五年前に龍治が心筋梗塞で急死し、その翌年、七枝が病に倒れた。それ以来、悠真は難病の母の介護を一身に引き受けている。

さつま汁とおにぎりを盆にのせてカウンターに出した。悠真は嬉しそうに箸を取り、まずさつま汁に口をつけた。

「はい、お待たせ」

悠真が店にご飯を食べに来るのは週に一〜二回。七枝がショートステイで家を空ける日に限られる。母の介護から解放される貴重な休みだから、もうちょっとしゃれた店に行けば良いと思うのだが、帰宅したらあまり出歩きたくないそうだ。それなら会社の帰りに、都心の洗練されたレストランに行けば……と思ったが、余計なことは言わない。自由時間をどう過ごすかは悠真の自由だ。

「おばさん、何かお勧めある？」

おにぎりを食べ終えた悠真が訊いた。若者が夕飯におにぎり一個ではさすがに物足りないだろう。私はおしぼりを差し出して答えた。

「『ご飯にかけるハンバ具ー』か『たまり漬チーズ』なんか、どう？」

『ご飯にかけるハンバ具ー』は岐阜の飛騨牛専門のステーキ店、キッチン飛騨が「手軽にうちの店のハンバーグを味わってほしい」と開発した。ほろほろとほぐれる具はまさに〝かけるハンバーグ〟といった趣がある。具を強調したいのかハンバーグではなく〝ハンバ具ー〟と強調しているのもおもしろい。

栃木のチーズファクトリーの『たまり漬チーズ』は、ナチュラルチーズの角切りをたまり醬油に漬け込んだ《めしのせ》で、日本酒やワインとも合う。たまご焼きやオムレツの具材にも使えるし、細かく切ってご飯と混ぜ合わせるのも美味しい。そしてもう一つ。

「カルボナーラも出来るわよ」

「え、ほんと?」

私はにんまり微笑んだ。

「カルボナーラって、基本、たまごとチーズと生クリームでしょ。粉チーズの代わりに、『たまり漬チーズ』をみじん切りにして使うと、ちょっと和テイストがプラスのカルボナーラが出来るのよ」

悠真はごくんと喉を鳴らした。

「それ、食べたい」

「ちょっと待っててね」

私は鍋に湯を沸かし、パスタを茹でる準備に入った。すると悠真が唐突に言った。

「おばさん、僕、結婚相談所に入会することにした」

「まあ」

自分で勧めておきながら、私はびっくりして高い声を上げた。

「何処にするか、当てはある?」

「まだ。これから調べて決める。もしかしたら自治体の支援事業もあるかもしれないし」

「そう。良かった。とにかく、金儲け主義でない、きちんとサポートしてくれるところを探してね」

私は安堵に胸をなでおろしたい気持ちだった。そして、悠真が自分の将来に前向きになってくれたことが、何より嬉しかった。

七枝が難病に侵された当初、一人で介護を引き受けなくてはならなくなった悠真は、仕事と介護の板挟みで、押しつぶされそうになっていた。

あの頃の悠真は「もう会社は辞めるしかない」とか「お母さんには長生きしてもらいたいけど、介護を続けたままでは、一生結婚出来ないと思う」と言って嘆いていた。

私は何とか力になってやりたかったが、その手立てが見つからず、自責の念に駆られるばかりだった。

うちの父は八十二歳で急逝したが、母は九十二歳で大往生した。最後の十五年間は認知症を発症し、私はずいぶんと介護保険のお世話になった。介護度が進んで要介護4か5になると、使えるサービスが格段に増えて、一日三回ヘルパーさん、一日おきに訪問看護師さん、週一回訪問入浴サービスと訪問医さんの診察を頼んでも、母の国民年金の範囲内で賄えた。だから私は介護離職することもなく、自宅で母を看取り、定年まで仕事を続けられたのだ。

この貴重な経験を悠真の役に立ててやりたかったが、如何《いかん》せん七枝はまだ五十代で、介護保険の適用年齢に達していなかった。

ところが三年前、思い掛けない事が起こった。福岡の総合病院に勤務している十歳年下の従妹から、伴侶が定期健康診断で癌が発見され、再検査の結果、肺癌でステージ4で余命半年と宣告されたと連絡があった。

詳しいことは省くが、従妹は「どうせ短い命なら、病院ではなく自宅で看取りたい」と、在宅介護を選択した。ステージ4の宣告を受けた癌患者は、五十代でも要介護5の認定を受けられるという。地域によって差はあるが、名目は違っても、末期癌や難病指定患者には、かなり手厚い行政サービスが設定されていると、その時従妹に教えられた。

ちなみに、余命半年と宣告された従妹の伴侶は、その後自宅で小康状態を保ち、今も二人で穏やかに暮らしている。

私は悠真に従妹の例を話し、すぐに区役所の福祉課に行って詳しい相談をするように勧めた。結果、七枝は数々の行政サービスを受けられることになり、悠真も介護離職の危機を回避することが出来た。

去年の秋、私は悠真に結婚相談所に入会することを勧めた。

「今は男性の四人に一人、女性の六人に一人が生涯未婚なんですって。だから、もし将来結婚したいと思うなら、自分から積極的に婚活に動かないと」

「でも、僕なんか……病気の母を抱えてるし、女の人は敬遠するんじゃないかな」

「何言ってるの。一部上場企業の正社員で、持ち家に住んでて、若くてイケメンよ。真剣に結婚を考えてる女性なら、伴侶として望ましいと思うわよ。自宅でお母さんの介護をしてるのも、優しい性格の表れだわ。それを美点と評価する女性は、絶対にいるわよ」

あの時のやり取りを思い出す。私は決してお世辞を言ったわけではない。悠真は大手薬品会社の研究開発部門で働く、将来性豊かなバイオ技術者なのだ。ただ職種ゆえか、職場は男性が多く、若い女性との出会いはない。それなら積極的に婚活するのが上策だ。

悠真は楽しそうに微笑んだ。

「おばさん。もし、これと思う女性に出会ったら、ここに連れてくるね」

「ダメ、ダメ。これと思う女性に出会ったら、まずミシュランの星の店に連れて行きなさい」

「そんな、見栄張ったって……」

「最初が肝心なの。お金って言うのは小出しにするんじゃなくて、ここぞというときにバーンと遣わないと効果がないのよ」

私は思い切り偉そうに御託《ごたく》を並べ、『たまり漬チーズ』を使ったカルボナーラの皿を差し出した。

「はい、お待ちどおさま!」

◎登場した《めしのせ》
梅あぶら・日の出印味付のり・ご飯にかけるハンバ具ー・たまり漬チーズ

第七話

【おかず味噌とラー油】心変わり

開店から三時間近く過ぎ、時計の針がそろそろ九時を指そうかという時刻だった。仕事の前に腹を満たすホステスさんや夜勤の男性客など、早い時間のご常連の波は引き、私は暇を持て余してスマホで配信動画を見ていた。

その時、入口の戸が開いた。

「いらっしゃ……あら！」

挨拶の途中で私は声を上げた。お客が良く知っている顔だったからだ。

「主任さん、お久しぶりです」

田宮舞《たみやまい》は笑顔を浮かべ、小さく頭を下げた。

「仕事、どう？」

「はい。面白いです」

私が大東デパートに勤務していた最後の頃、舞は直属の部下として配属された。共に働いたのは一年弱で、年も親子ほど離れていたが、妙に気が合って、舞と仕事をするのは楽しかった。退職して五年になるというのに、いまだに私を主任と呼び続けるのは、舞も私と過ごした時間を楽しく感じてくれたからだろう。

気働きがあって優秀な舞は、去年催事部から外商部へ異動になった。外商部はデパートの花形だ。苦労は多いがやり甲斐も大きい。

「ビール、ください。それと、何かつまみあります?」

「良いのがあるわよ。多分、食べたことないと思うわ」

私はキッコーマンこころダイニングの『サクサクしょうゆアーモンド』を小匙に半分ほどすくって差し出した。

「ホント、変わってますね。でも、お酒に合う」

「冷奴の薬味にも合うけど、お勧めはバゲットにのせてカナッペで食べる」

「バゲットでお願いします」

「はい、ありがとうございます」

私は缶ビールを出してから、バゲットを薄く切り、トースターで炙《あぶ》った。こうするとアーモンドの香ばしさがより引き立つ。

「これ、ビールも良いけどワインに合いますね。カヴァとかスプマンテとか、泡系の」

「今度、それも用意しようかな。夏は泡が売れるかもしれない」

スパークリングワイン用の栓を使えば、気が抜けることもないから、グラス売りが出来る。それより、最近はスパークリングワインの缶も売っている。そっちにしようか……

「でも、外商は忙しいから、デートの時間を作るのが大変ね」

忙しいのは外商に限ったことではないが、舞は恋人のことをのろけたいのではないかと思い、水を向けたつもりだった。しかし、舞の表情は暗くなった。何か気に障ったのだろうか？

「主任さん」

舞は訴えるような眼で私を見上げた。

「うちの両親、結婚に反対なんです。彼と結婚したら、絶対に不幸になるって」

じつは舞の家も葛西なのだが、場所は東西線の高架の南側で、我が家とは駅をはさんで逆方向になる。それでもわざわざ遠回りをして、たまに店に寄ってくれるので、嬉しい半面、ちょっと恐縮してしまう。

舞は軽く食事をしてよもやま話をすると、環七通りでバスに乗って帰宅する。いつも一人だったのが、一昨年から同年代の青年と二人で来店するようになった。

青年の名は柚木《ゆずき》実《みのる》。出会いは友人の結婚式。舞は新婦の学生時代の親友で、実も新郎の親友で、共に友人代表としてスピーチしたのがきっかけとなり、二次会で親しく言葉を交わし、その後の交際に発展した。

「へえ。こんな店もあるんですね。うちの近所にあったら、毎日ご飯食べに通うんだけどな」

初めて「めしのせ食堂エコ」に来店した時、実は壁の棚にずらりと並んだ《ご飯のおとも》を見て、感嘆の声を漏らした。率直で気取りのない態度に、私はたちまち好感を抱いた。

その時、大分のマルマタしょう油の『山椒味噌』をキュウリに添えてもろキュウを出すと、実は大いに気に入ったようで、目を輝かせた。

「主任さん、この味噌、取り寄せ出来るんですか?」

舞に倣って実まで私を主任と呼んだ。

「もちろん。ネット通販で買えますよ。お気に召しました?」

「はい。うちのお袋、味噌おにぎりが好きなんです。なぜか塩と海苔じゃなくて、味噌塗って大葉に包むんですよ」

「焼きおにぎりにするの?」

「いえ、そのまま。雑な性格だから、ひと手間かけないんです。でも、結構旨いですよ。この味噌変わってるから、きっと喜びます」

その後、舞から聞いた話では、実は高校生のとき父が急死して、大学進学を諦めて就職した。今は中堅の食品メーカーで経理事務を担当しているという。

舞の父は大企業のサラリーマン、母は女子大の教授で、自身も小学校から大学までエスカレーター式のお嬢様学校の出身だった。周囲に実のような、若くして実社会で揉まれた経験のある男性はいなかった。それも惹かれた理由の一つだったろう。

舞は実を両親に紹介し、結婚の意志を告げた。両親は反対した。「出世の望めない貧乏人と結婚して、娘が一生お金で苦労する姿を見るのは、親として忍びない」という理由だった。

舞からその話を告げられて、実は働きながら専門学校へ通い、税理士の資格を取った。それから転職活動に励んで、前の会社より待遇の良い会社に就職が決まった……と聞かされたのは去年の秋だったのに。

「……ご両親は、実さんのどこが気に入らないの？」

私はやんわりと尋ねた。

「私を幸せにしようという気概が感じられないって」

「でも、舞さんのために頑張って勉強して、税理士の資格取って転職したんでしょう。それじゃダメなのかしら」

舞は何かを払いのけるように首を振った。

「今の会社も前の会社と五十歩百歩だって言うんです。確かに中小企業で、お給料も良くないけど……」

私はじっと舞の顔を見た。

「舞さん自身は、どうしたいの？」

「分からないんです」

舞は悲しげに目を伏せた。

「彼はもうこれ以上無理だって言うんです。理工科系じゃないから、ＡＩで起業なんてできない。営業には向いてない。経理の仕事で何とか上を目指したいけど、高卒で出来ることには限りがあるって」

舞は深々とため息を吐《つ》いた。

「彼が頑張ってくれたのはすごく嬉しいんです。でも、将来のことを考えると、不安になってしまって」

そうだろうか？　舞は外商部でキャリアウーマンへの道を踏み出している。実と二人で家計を分担すれば、人並みの暮らしは充分に出来るはずだが、それでは不足なのだろうか。

「あなたが決めるしかないわね。どちらを選ぶのか」

私はそう答えるしかなかった。


それから一週間後、夜十時過ぎに、柚木実が一人で店を訪れた。

「いらっしゃい」

「味噌汁、何と何ですか？」

「鮭の粕汁《かすじる》と豆腐とわかめ。お勧めは粕汁。今夜冷えるから」

「じゃ、粕汁ください」

鮭と大根、人参、ゴボウの根菜で作る粕汁は、冬にピッタリの味噌汁だ。私は味噌と酒粕を半々にして、あまり甘ったるくならない味付けにしている。

「『山椒味噌』のおにぎり、出来ますか？」

「はい。先に飲んでてね」

私は大きめの椀にたっぷりの粕汁をよそって出した。実はふうふうと息を吹きかけて、粕汁を啜った。

「舞に、結婚を断られました」

実は椀を置き、唐突に言った。

予想していたので、私は驚かなかった。舞は両親に結婚を反対され、明らかに気持ちが冷めていた。もし本当に相手を愛していたら、むしろ逆で、気持ちは余計に熱くなっただろう。

舞が実を愛していなかったとは言わない。最初は本気で惹かれたのだと思う。しかし、初めは新鮮だった彼我《ひが》の価値観の違いが、日が経つにつれて煩わしく不快なものへと変わっていった。きっと舞は両親の望むような、高学歴で高収入の相手を探すのだろう。

私は「釣り合わぬは不縁の元」という昔の言葉を思い出した。

「残念だったわね。でも、縁がなかったんだから仕方ないわ。これからあなたに相応《ふさわ》しい相手を探して、幸せになってね」

『山椒味噌』を塗ったおにぎりの皿を前に置くと、実はものも言わずにかぶりつき、むしゃむしゃと食べた。

その瞳に浮かぶ涙を見ないふりをして、私はほうじ茶を淹れる支度をした。

◎登場した《めしのせ》サクサクしょうゆアーモンド・山椒味噌

第八話

【珍味】
人の不幸は蜜の味、自分の不幸はメシの種

午後六時を少し過ぎた頃、見慣れた顔が現れた。

「いらっしゃい」

警備服に身を包んだ二十代の青年で、名前は井《い》川《かわ》修《しゅう》作《さく》。警備会社のバイトで、葛西駅の近くで行なわれている建設工事の交通誘導をやっている。三か月前、工事が始まってからほとんど毎日のように通ってくれるので、今や「めしのせ食堂エコ」一番のお得意さんだ。

「味噌汁、何？」

「こってりがジャガイモと玉ねぎ。仕上げにバター落とすの。あっさりはアサリ」

「どっちも旨そうだな」

修作はほんの少し考えてから「両方」と注文した。味噌汁好きなのだろう。これまでも二種類注文することがあった。

「ご飯、今日はどうする?」

「中華の麵ってある? 今日、ラーメン屋休みで、昼、おにぎりだったんだ」

「ラーメンも出来るけど、台湾風まぜそばなんてどう?」

「あ、食べたい」

「ついでにたまご焼き食べない?」

「うん、食べる」

肉体労働をしている若者だから、食欲は旺盛だ。昼ご飯は駅の近くのファストフード、定食屋、町中華でとり、夕飯は味噌汁とご飯を中心に食べたいので、うちの店に通うのだと言ってくれた。

バター味噌汁は友達から教わった。ジャガイモの味噌汁を煮立てたら玉ねぎのみじん切りを散らし、バターを浮かせて火を止める。完全に火の通り切らない玉ねぎのピリ辛味と、バターの風味が溶けあって、ひと味違う味噌汁になる。

アサリの味噌汁にも秘密がある。アサリは特売の時に大量買いして冷凍しておく。冷凍すると貝は旨みが四倍になるのだ。味噌汁の具で最も旨みの出る具材は貝とキノコだと思う。

その旨みが四倍なのだから、史上最強の味噌汁と言っても過言ではないだろう。

たまご焼きはチーズファクトリーの『たまり漬チーズ』の残り汁をたまごに混ぜる。こうするとたまご焼きのコクが違う。修作はお酒を飲まないが、酒飲みにはたまらない味だ。

「旨いなあ」

修作は二種類の味噌汁をきれいに飲み干してため息を吐いた。

「味噌汁、好きね。若いのに珍しいわ」

「うち、朝ご飯は基本、一汁一菜だったんだ。お袋働いてたから、忙しくてさ。でも、ご飯は毎朝炊き立てで、味噌汁は具沢山で、《ご飯のおとも》は取り寄せで色々出してくれた。だからちっとも不満はなかったし、朝ご飯楽しみだった。この店に来ると、おふくろの朝ご飯想い出すよ」

良い話で、私は素直に感動した。土井善晴先生の『一汁一菜でよいという提案』の精神は、まことに正しい。毎日ご馳走を作る必要はないのだ。

私は中華麵を茹で始め、まぜそばの準備にかかった。

秘密兵器は愛知の丸越の『ピリ辛大豆ミンチ』。ひき肉の代わりに大豆たんぱくを使った、名古屋名物「台湾まぜそば」の具「台湾ミンチ」のような《ご飯のおとも》だ。共に漬け込んだネギとニラのシャキシャキした食感も心地よい。

茹で上がった中華麺を水切りし、『ピリ辛大豆ミンチ』を真ん中にトッピングしたら、その上に卵黄を落とす。全体を豪快に混ぜて食べるのが流儀。台湾の屋台料理をアレンジしたもので、名古屋が発祥の地だという。

「はい、お待ちどおさま」

湯気の立つ皿をカウンターに置くと、修作は豪快に混ぜ合わせ、ズルズルと麺を啜り込んだ。そしてひと口食べて顔を上げた。

「おばさん、ラー油ある？」

「はい、どうぞ」

ラー油の小瓶を渡すと、修作は麺に振りかけ、再び箸を動かした。

「あ〜、旨かった。ごちそうさま」

箸を置いてため息をもらす修作の前に、ほうじ茶の湯呑を置いた。と、修作は表情を引き締めてこちらを見上げた。

「おばさん、明日、発表なんだ」

「まあ。それは緊張するわね」

修作は警備会社でバイトしながら小説家の養成講座に通っていた。学生時代から作家志望だったそうで、大学卒業後は取り敢えず普通に就職したが、残業が多くて創作の時間が取れず、二年前に退職したという。小説の講座に通いながら創作を続け、今回、初めて大きな賞に応募した。すると先月、出版社から最終選考に残ったと知らせがあった。受賞発表の日は、もし受賞した場合、そのまま会場に来てほしいと言われたという。

つまり明日は、修作の運命の分かれ道というわけだ。

「受賞できると良いわね。祈ってるわ」

「ありがとう」

修作は今、最終候補者の不安と恍惚を共に味わっているのだろう。明日になれば結果が出る。吉と出るように、私も祈っていた。


翌日、六時の開店早々、修作は店に現れた。つまり、会場には呼ばれなかったのだ。せっかく仕事を休んで背広を着込んで待機していたというのに、本人の落胆はどれほどだろう。

「いらっしゃい」

私は努めて普段と同じ口調で言った。

「おばさん、お酒ある?」

「あるわよ。でも、缶ビールと缶チューハイとワンカップ大関だけ」

「ワンカップ。それと、何かつまみください」

私はワンカップ大関を出し、つまみには熊本の五木屋本舗の『山うにとうふ』を選んだ。九州産大豆で作った豆腐を、秘伝のもろみ味噌に六か月間じっくり漬け込んだ逸品で、瓶詰の粒うにと相通じる味わいがある。《ご飯のおとも》にはもちろんのこと、日本酒の肴にもお勧めだ。

修作は、あまり酒が好きでない人らしく、顔をしかめてワンカップをひと口飲んだ。

「……ダメだったよ」

「そう。今回は運がなかったわね」

小説でなくとも最終選考作品に残れば、あとは運次第だろう。

「受賞者、講座の同期だった。二十一歳の女子大生。ショックだよ」

修作はドラマの登場人物のように、芝居がかった仕草で髪の毛をかきむしった。

「受賞した方はこれから大変ね。二十一歳が人生のピークにならないように、残りの人生必死で頑張らないとだめだもの」

修作は意外そうな顔で私を見返した。

「おばさんの高校の同級生、五十五歳で小説家デビューしたの。受賞した時は食堂で働いてたから、マスコミで話題になったわ」

「……知ってる。『食堂のおばちゃん』でしょ」

私は小さく微笑んだ。

「彼女、大学生の時はマンガ家目指してたの。それから脚本教室に通ったり、二時間ドラマのストーリー書いたり、随分頑張ったんだけどずっと芽が出なくてね。それが、人生半分終わりかけた年で大きな賞をもらって……。本人も『あと十五年早かったら』って思ったらしいわ。でも、結局それが良かったのよね。小説家なんて、人生がすべてネタだもの。ネタの数なら若くしてデビューした人の何倍もあるわけだし」

修作は少し不満げな顔になった。納得できないのだろう。無理もない。まだ二十代で、野心満々なのだから。

「近頃彼女と一緒にトークショーやってる作家も、小説家デビューが五十五歳だったんですって」

人情時代小説で人気の男性作家で、シリーズ累計二百万部を超えるヒットメーカーだ。

「三十代でお笑いの台本を書いて、それから放送作家になって、詳しくは知らないけど、色んな仕事したらしいわ」

私はじっと修作の顔を見た。

「その先生も彼女も、五十五歳までに積み重ねた人生が、全部ネタになってるのよ。言い換えれば抽斗《ひきだし》の数。だから、小説家を志す限り、あなたの人生に失敗はないわ。良い経験も悪い経験も全部ネタ。それに、悪い経験の方がネタとしてはずっと濃いのよ」

修作は半信半疑の面持ちだ。それで良い。これからの自分の人生で、それを確かめて行けるのだから。

「おにぎり、食べない？」

修作は黙って頷いた。

私は『たまり漬チーズ』からチーズを取り出し、細かく刻んでご飯に混ぜた。これで作るおにぎりは、一筋縄ではいかない人生の門出に相応しい。

◎登場した《めしのせ》
たまり漬チーズ・ピリ辛大豆ミンチ・山うにとうふ

第九話

【漬け物】ステキな勘違い

「こんばんは」

月曜の夜六時、店を開けてすぐ神代《くましろ》ゆかりが入ってきた。カウンターのいつもの席に腰を下ろすと、珍しいセリフを口にした。

「ワンカップ。それと、つまみ、何かある?」

ゆかりが酒を頼むのは初めてだ。元々それほど酒が好きではないから、自分一人で飲むことはないという。お客さんに食事に誘われたり、店で勧められたりすれば別だろうが。

「そうねえ、『鮒佐《ふなさ》の佃煮』、群馬の『ジャン辛もつ煮』、冷奴に『山形のだし』なんてどう?」

「あ、それ良いわね。冷奴のだし掛けにするわ」

山形のだしはキュウリ、茄子、みょうが、しそ、昆布などを細かく刻んで醤油などで漬けたもので、ご飯にかけるのが定番だが、冷奴の薬味にもなるし、マヨネーズに混ぜて即席のタルタルソースにもなる。うちでは、《めしのせの伝道師》こと長船クニヒコの推薦で、マルハチの『山形のだし丸カップ』を取り寄せている。

「ゆかりさんがお酒なんて、珍しいわね」

私はワンカップ大関と、だしを薬味にした冷奴の皿をカウンターに置いた。

「女将さんも何か飲まない？」

私はちょっと考えたが、せっかくなのでご馳走になることにした。一杯や二杯飲んでも、仕事に差し支えることはないだろう。

「それじゃ、缶チューハイをいただきます」

冷蔵庫から350ミリのチューハイを取り出した。目の高さに掲げてから口をつけた。

ゆかりは冷奴を肴に、ちびちびとワンカップ大関を飲んでいる。

「何かいいことでもあった？」

ゆかりはちらりと微笑んだ。

「まあね」

私はそれ以上訊かずに、また缶チューハイに口をつけた。急《せ》かさなくても、ゆかりは自分から話すだろう。むしろ話したくて、きっかけを作るため酒を注文したのかもしれない。

「昨日、娘に会ったのよ」

私はゆかりの顔を見直した。以前「若い頃、幼い娘を婚家に残して離婚した。以来ずっと会っていない」という話を聞かされた。念願かない、成人した娘と再会したのだろうか。

「そう。おめでとう、良かったわね」

私は誰でも訊くだろうことを尋ねた。

「それで、お嬢さんとはどんな話をしたの？」

すると、ゆかりは首を振った。

「娘は私に気が付かなかったわ。多分、写真も全部捨てられただろうから、面と向かって会っても、私が誰だか分からないと思う」

私はゆかりの話が理解できなかった。顔に浮かんだ戸惑いの色を見て取って、ゆかりはむしろ楽しそうに言った。

「何言ってるか分からないわよね。最初から説明する」

今から四十年近く前、ゆかりは会社の先輩社員と結婚した。翌年妊娠したが流産してしまい、それからしばらく子宝に恵まれなかったが、三十三歳のとき二度目の妊娠をした。そして、それを機に勤めていた会社を退社した。

「ずっと専業主婦だったんだけど、娘が保育園に通うようになると、ちょっと時間に余裕が出来たんで、何か始めたくなって……」

ゆかりは偶然新聞の広告に目を留め、新聞社主催のカルチャースクールの小説講座に通うことに決めた。講師としてやってきたのは名の通ったミステリー作家だった。著作も売れていて、おまけにロマンスグレーのイケメンだった。

「かいつまんで言うと、私、その小説家とデキちゃったのよ。数多いライバルの中から先生のハートを射止めたって、その時は得意だった。後になって、教室に来ている女の生徒全部とデキてたって知って、ギャフンと思ったけど」

作家のご乱行は週刊誌に嗅ぎつけられてスキャンダルになり、その過程でゆかりの不倫も夫と舅、姑の知るところとなった。

「離婚されたわ。しょうがないわよね。私がバカだったんだから」

娘の親権が元夫に渡ったのは仕方ないと思ったが、一切面会を拒否されたのは辛かった。

「でも『あんたみたいな女が母親だと知ったら、子どもが一番傷つく』って言われて、諦めるしかなかったわ」

それから二十六年が過ぎた……。

「娘は一昨年、結婚したのよ。相手は大学の先輩で、一流企業に勤めてる人。嬉しかった。これでもう、いつ死んでも良いと思ったわ」

結婚式の夜、ゆかりは一人静かに家で祝杯を挙げた。

「それでね、昨日の日曜日、夜、お客さんに誘われて都心のホテルで食事したの。開店二十周年のお祝いに、張り込んでくれたみたい」

すると何という偶然か、レストランの隣のテーブルに娘がいた。

「見間違うはずないわ。私、離婚した後何度も、こっそり顔見に行ってたから」

娘は初老の男性と二人、差し向かいに座っていた。

「心臓が止まるかと思った。その男、あの小説家に雰囲気がそっくりだったのよ。落ち着いて、洗練された雰囲気で……。娘はすっかりのぼせて、はしゃいでる感じだった」

ゆかりは心臓がしめつけられるような気がした。娘もまた、自分と同じ過ちを犯してしまうのだろうか？　いや、そんなことはさせられない。何とかして止めなくては。だが、どうすればいいのだろう。娘は自分の顔さえ知らないというのに。

いや、ここで黙っているわけにはいかない。たとえ頭のおかしい女と思われても、娘と男を引き離さなくては。娘を不倫の罠にはめるわけには、絶対に行かない！

ゆかりが椅子から立ち上がろうとしたその時、三十代の涼やかな感じの男性が足早に娘のテーブルに近づいてきた。すると、娘はパッと顔を輝かせた。

「あなた、遅刻！　お義父《とう》様、ずっと待っていらしたのよ」

「ごめん、ごめん。渋滞に引っかかっちゃって」

それから三人は同じテーブルに着き、楽しげに会話しながら、食事を始めた。

ゆかりは完全に自分の勘違いだったことを悟った。

「まあ……」

私は言葉もなかった。何という偶然だろう。それも良い方の。

「でも、良かったわね」

ゆかりは大きく頷いた。

「本当に良かった。娘の顔を間近で見られたし、向こうのご家族と上手く行ってるのも分かったし。こんな嬉しい開店二十周年祝いが出来るなんて、夢にも思わなかった」

ゆかりはそっと指で瞼を拭った。

「じゃあ、今日は私からもお祝い。味噌汁とご飯、奢るわ」

「良いわよ、そのくらい」

ゆかりは顔の前で手を振った。

「このくらいしか出来ないから。けんちん汁と、小松菜と油揚げの味噌汁、どっちが良い？」

「う〜ん。それじゃ、小松菜」

「《ご飯のおとも》、何が良い？」

「そうねえ。漬け物かなあ」

「『まぜちゃい菜』と『ねぶた漬』、どっちにする?」

「まぜちゃい菜」

「はい。少々お待ちください」

丸長食品の『まぜちゃい菜』は、滋賀県の伝統野菜日野菜《ひのな》の葉を主原料に、日野菜の根や青トマト、青唐辛子などでピリッと辛口な醤油味に仕上げた漬け物だ。ご飯にのせても旨いが、文字通り混ぜて食べると止まらなくなる。青森のヤマモト食品の『ねぶた漬』は数の子、スルメ、昆布、大根などの醤油漬けで、これもご飯が止まらなくなる逸品だ。

私は炊き立てのご飯に『まぜちゃい菜』を混ぜ込み、おにぎりを握った。これからまた仕事に出かけるゆかりの、スタミナ補充になるように。

「いただきます!」

ゆかりは嬉しそうにおにぎりを食べ始め、きれいに完食した。

「どうもありがとう。ゴチになりました」

食後のほうじ茶を飲み干し、ゆかりは席を立った。

「いってらっしゃい!」

店を出るゆかりの背中に、私はいつものように呼び掛けた。

◎登場した《めしのせ》
鮒佐の佃煮詰め合わせ・ジャン辛もつ煮・山形のだし丸カップ・まぜちゃい菜・ねぶた漬

めしのせ案内　その弐

おかず味噌とラー油　珍味　漬け物

たっぷりのごぼうが際立つ

ごぼう肉みそ

前田農園／鳥取県

おかず味噌とは、味噌に肉や野菜、山菜などを混ぜ合わせたもので、さまざまな種類があります。味噌は根菜との相性もよく、なかでも鳥取県中部の北栄町《ほくえいちょう》で農業を営む前田農園の「ごぼう肉みそ」は群を抜いた存在です。その秘密は八丁味噌を主に複数の味噌をブレンドし、そこにバターやきな粉など、ほかにはない材料を使っているから。このレシピは鳥取出身のフレンチのシェフが考案し、前田農園のみなさんがそのシェフのもとで修業して技を習得。自家農園の砂丘ごぼうと鶏と豚のひき肉が混ざり合い、食感と肉のコクがさり気なく光る、滋味深いおかず味噌です。

お酒との相性度 ★★★☆☆
贈答向き度 ★★★★☆

540円
1瓶：75g

鳥取県東伯郡北栄町妻波677
[注文] https://maetafarm.stores.jp ☎0858-37-5200 [発送] 常温

実山椒の香りが弾ける

山椒味噌

マルマタしょう油／大分県

初夏の訪れを告げる実山椒《みざんしょう》は、塩漬けや醤油漬け、オリーブオイルで漬け込むなど、さまざまな楽しみ方がありますが、長年受け継がれ、日々の食生活に寄り添うものといえば山椒味噌でしょうか。大分県日田市で160年以上続くマルマタしょう油の「山椒味噌」は、くるみのようなやさしい甘さの味噌に、ピリリとした山椒の辛みがよいアクセント。自家栽培の朝倉山椒を使用していますが、これはマルマタしょう油が明治期からの林家《りんか》だからこその技。山椒の栽培と林業の技術は共通点があり、朝倉山椒の育成をはじめたそうです。数年かけて生《な》った実を山椒の特性を活かした味噌や醤油に加工しています。

お酒との相性度 ★★★★★
贈答向き度 ★★★☆☆

648円
1瓶：55g

大分県日田市隈2-2-36
［注文］https://www.marumata-s.com ☎0973-22-2050 ［発送］常温

食べるラー油を超越する満足度

甲州地どりトマトらー油

笛吹の庄／山梨県

ご飯の上にのせるだけ——これが《めしのせ》のスタンダードですが、パンにも、パスタにも、サラダにも、さらには炒め物などの調理にも役立つのが「甲州地どりトマトらー油」です。甲州地どりとは放し飼いで伸び伸びと健やかに育てられる地鶏のこと。歯応えのある引き締まった肉質で、噛むごとに濃厚な旨みが溢れ出します。これを甲州産の赤ワインと青森産のにんにく、生姜、大葉、ニラなどの香味野菜でじっくりと煮込み、仕上げにトマトや魚介エキスをプラス。ゴロッと大きな鶏肉が圧巻で、〝食べるラー油〟というよりも「瓶詰のお惣菜」といった体《てい》でお得感も魅力です。

お酒との相性度 ★★★★☆
贈答向き度 ★★★☆☆

980円
1瓶：170g

山梨県笛吹市石和町八田154-2
［注文］https://karamiso.okoshi-yasu.com ☎055-262-1300 ［発送］常温

香り&旨み&歯応えすべてが新感覚
サクサクしょうゆアーモンド
キッコーマンこころダイニング/東京都

〝食べるラー油〟がヒットして10数年経った今、辛さではなく食感豊かな具材をごま油や菜種油に漬けたラー油が《ご飯のおとも》業界を席巻しています。極めてシンプルなのに、しみじみと旨いのが「サクサクしょうゆアーモンド」です。フライドガーリックとフライドオニオンは食べるラー油の定番の具材ですが、そこにローストアーモンドと「しょうゆもろみ」が加わることで、奥深い旨さが広がります。「しょうゆもろみ」は液状ではなく、フリーズドライで、ご飯とともに感じるサクサク感が絶妙。調味料としても万能で肉、魚、野菜はもちろんのこと、パンやパスタとの相性も抜群です。

お酒との相性度 ★★★★★
贈答向き度 ★★★☆☆

930円
1瓶:90g

東京都港区西新橋2-1-1　興和西新橋ビル
[注文]https://cocoro-dining.co.jp　☎0120-850-904　[発送]常温

奈良漬の新規軸

和風らー油べっぴん奈良漬

べっぴん奈良漬／奈良県

《めしのせの伝道師》でありながらも告白します。僕は奈良漬が苦手でした。奈良漬が放つ酒粕の香りをどうしても好きになれず……。ですが「和風らー油べっぴん奈良漬」を食べてビックリ！ 生まれてはじめて奈良漬を心底おいしいと思え、以来、リピーターに。この商品を考案したのは、その名もべっぴん奈良漬の代表、五十嵐裕希さん。食べるラー油を手づくりするときに奈良漬を刻んで入れたところ、驚くほどおいしくなったとか。当時、幼稚園児だった娘さんが大喜びしたことから、商品化を決意したそうです。ラー油ならではのフライドガーリックやごまも入り、食感と香りも抜群です。

お酒との相性度 ★★★☆☆
贈答向き度 ★★★★☆

864円
1瓶：110g

奈良県奈良市藤ノ木台1丁目2-17
［注文］https://www.beppin-naraduke.com ☎0742-41-8153 ［発送］常温

珍味

たまり醤油がチーズとご飯の架け橋に

たまり漬チーズ

チーズファクトリー／栃木県

チーズは洋風ですが、日本酒や焼酎のおつまみに、《ご飯のおとも》にと和食にもよく合うアイテムですよね。そもそも、仏教伝来とともに牛乳が大陸から伝わった奈良時代に「蘇《そ》」というチーズ（ヨーグルトのようなもの）が出来ましたし、そのおいしさを〝醍醐味〟と表現したことからも、僕たち日本人に、チーズは馴染みがあるものです。栃木県のチーズ専門メーカーが、日光名物のたまり漬けでアレンジできないかと考え、誕生したのが「たまり漬チーズ」。サイコロ状のチーズをご飯に2～3個のせ、瓶の中のたまり醤油をまんべんなくかけると、想像以上にご飯が進む味わいになります。

お酒との相性度 ★★★☆☆
贈答向き度 ★★★☆☆

788円
1瓶：140g
（固形量60g）

栃木県矢板市上太田10
［注文］https://cheesefactory.jp ☎0287-44-3335 ［発送］常温

罪悪感ゼロのヘルシーミート

ピリ辛大豆ミンチ

丸越／愛知県

植物由来の肉として注目されている大豆ミート。その名の通り、大豆を原料とした代替肉です。これを主役にした《ご飯のおとも》が「ピリ辛大豆ミンチ」。冷蔵で届く品はシンプルなパッケージで、〝味で勝負〟という覚悟がみなぎっています。素材は大豆ミートのひき肉にニラ、ネギ、豆板醤で、シャキッとした食感と辛さがご飯に合うこと間違いなし。大豆ミートの歯応えと味わいが、肉以上に肉らしく、ダイエット中の方にもおすすめです。そのままでも美味ですが、卵黄をのせるとまろやかに。地元で人気の名古屋めし「台湾まぜそば」を肉を使わずとも、再現できるのもいいですね。

お酒との相性度 ★★★☆☆
贈答向き度 ★☆☆☆☆

830円
1袋：200g

愛知県名古屋市天白区道明町71
［注文］https://marukoshi-shop.com ☎052-831-0025 ［発送］冷蔵

まるで雲丹《うに》のような保存食

山うにとうふ

五木屋本舗／熊本県

「五木の子守唄」で知られる熊本県の五木村。村内のほとんどが山林で食材の確保が難しく、古くから保存食づくりが盛んでした。なかでも豆腐の味噌漬けは貴重なタンパク源で800年もの歴史があります。本来、豆腐の味噌漬けは堅いものですが、「山うにとうふ」はじつにクリーミー。九州産大豆のふくゆたかを100％使い、独自にブレンドしたもろみ味噌に漬けて半年間寝かせます。すると余分な水分が抜け、代わりにもろみ味噌の旨みが豆腐全体に染み渡って熟成され、チーズのようになれた濃厚な味わいに。ひと口食べれば、「まるで雲丹のよう！」という表現にも納得です。

お酒との相性度 ★★★☆☆
贈答向き度 ★★★★★

710円
1パック：100g

熊本県球磨郡五木村丙635番地3
［注文］https://itsukiyahonpo.co.jp ☎0120-096-102 ［発送］冷蔵

梅干しにベーコンと玉ねぎ!?

梅あぶら

石神邑／和歌山県

江戸時代から梅の栽培を行ない、「梅の郷」と呼ばれる和歌山県田辺市の石神地区。この地で梅の栽培と漬け込み、干し上げ作業を行なう、石神邑《いしがみむら》による新感覚の梅の調味料が「梅あぶら」です。粗めにほぐされた肉厚な梅の果肉にベーコンと玉ねぎを合わせたもの。想像もつかない組み合わせですが、ひと口食べればこの不思議な味覚に魅了されるはず。梅干しの酸味とベーコンのコクがよく合い、そこに玉ねぎのシャキシャキ感と、たっぷりのごまが食感も豊かにします。米油がいいまとめ役となり、「ああ、梅干しだ」と実感。やっぱり梅干しはおいしく、最高の《めしのせ》ですね。

お酒との相性度 ★★☆☆☆
贈答向き度 ★★★☆☆

540円
1瓶：80g

和歌山県田辺市上芳養391
［注文］https://www.ishigamimura.co.jp ☎0120-37-0170 ［発送］常温

漬け物

酒好きによる、酒好きのための……

呑んべえ漬 箱入り

ハコショウ食品工業／岩手県

かつて、サラリーマンのお父さんが飲んで帰る際に、ヒョイと摘んで持ち帰ってきた〝鮨の折詰〟のようなパッケージ。これぞ、40年以上も売れ続けている「呑んべえ漬」で、キュウリをコク深い醤油と大量の唐辛子で漬け込んだもの。ポリポリとした食感が絶妙ですが、なにより辛い。ヒィー、ハァー言いながらも箸が進み、酒もご飯もどちらも止まらなくなるほど。開発したのは、味噌と醤油の醸造元で、漬け物をつくるハコショウ食品工業の五代目店主。希代の酒好きだけに、呑んべえが欲する味になったとか。辛さが苦手な方はマヨネーズを少し合わせてどうぞ。〆のお茶漬けにも合う漬け物です。

お酒との相性度 ★★★★★

贈答向き度 ★★★★☆

432円

1箱：100g

岩手県花巻市湯口字洗沢21

［注文］https://www.hakosho.co.jp ☎0120-41-8540 ［発送］常温

昔ながらの製法を守る伝統の味

伊勢たくあん きざみ

伊勢岩尾食品／三重県

たくあんは産地や銘柄、季節を気にせず、ポリポリかじる身近な漬け物です。でも、どこかに「スゴイたくあんがあるはず」と探し求めるうち、三重県産の御薗《みその》大根を米ぬかや柿の皮など天然素材だけで漬け込み、自然発酵して熟成させた、伊勢岩尾食品の「伊勢たくあん」に辿り着きました。明治期は伊勢参り土産として知られた存在ですが今や希少な伝統食品。素材の吟味はもちろんのこと、2～3年も発酵させる昔ながらの製法です。丸ごと一本を漬けた品もありますが、初心者には、細く刻んだ「伊勢たくあん きざみ」がおすすめ。どちらも長期熟成による円熟ある塩辛さを存分にどうぞ。

お酒との相性度 ★★★☆☆
贈答向き度 ★★☆☆☆

380円
1袋：150g

三重県伊勢市東大淀町西大野3733-1
［注文］http://www.isetsukemono.co.jp ☎0120-081-229 ［発送］冷蔵

ご飯の甘さを引き出す〝がっこ〟

いぶり麹たくあん

安藤醸造／秋田県

秋田県を代表する漬け物「いぶりがっこ」。いぶりとは〝燻《いぶ》す〟ことで、家庭の囲炉裏で大根を干したことがはじまりです。秋田は雪国ですから、冬は太陽の下で干せないゆえの知恵ですが、それが功を奏しておいしいがっこ（漬け物）になったのですね。僕が《めしのせ》として推薦するのは、嘉永6（1853）年に角館《かくのだて》で創業した安藤醸造の「いぶり麹たくあん」です。僕は甘いいぶりがっこに満足できず、しっかりとした塩味と燻した香りを求めていたのです。こちらのは、ぬかと米麹と塩だけで漬け込み、砂糖や甘味料の類はいっさい使われず、ご飯の旨みと甘みを引き立てる存在です。

お酒との相性度 ★★★★☆
贈答向き度 ★★★☆☆

756円
1袋：150g

秋田県仙北市角館町下新町27
[注文] https://www.andojyozo.co.jp ☎0187-53-2008 [発送] 常温

食欲のないときの救世主

山形のだし丸カップ

マルハチ／山形県

キュウリ、茄子、みょうが、大葉といった夏野菜と昆布を細かく刻み、醤油やめんつゆなどで味付けした「だし」。山形県村上地方の郷土料理ですが、ネバネバでスルスルとした食感と爽やかな後味がよく、ニッポンの猛暑には欠かせない《ご飯のおとも》です。冷奴の薬味にも、また、そのまま酒肴としてもよし。それぞれの家庭の味がありますが、地元の漬け物メーカー・マルハチが技術と営業努力を発揮した「山形のだし丸カップ」が多くの量販店に置かれるようになり、知名度が高まったとか。ちなみにマルハチの営業努力とは若手社員が〝漬物王子〟と名乗り、積極的に実演販売をした賜《たまもの》です。

お酒との相性度 ★★★☆☆
贈答向き度 ★☆☆☆☆

270円
1カップ：120g

山形県東田川郡庄内町廿六木字五反田75番地の1
［注文］https://shonai-nandemoya.net（「庄内なんでも屋」）［発送］冷蔵

ご飯に混ぜる漬け物

まぜちゃい菜

丸長食品／滋賀県

一杯目はのせて、二杯目はお茶漬けに……と旨い漬け物があると箸が止まりません！　そこに〝ご飯と混ぜる〟提案をしたのが滋賀県の漬け物メーカー・丸長食品です。カブの仲間である日野菜の葉をメインに根とキュウリ、青トマト、青唐辛子、青しその葉を細かく刻み、仕上げにごまを合わせた「まぜちゃい菜」はご飯にのせてよし、混ぜてよしの万能タイプ。茎や根を主とする日野菜漬けでは使わぬ葉を有効活用するべく誕生したのが「まぜちゃい菜」というわけ。ほのかな酸味と青唐辛子の爽やかな辛み、5種類の野菜が奏でる味わい、軽やかでシャキッとした食感がクセになりますよ。

お酒との相性度　★★★☆☆
贈答向き度　★★☆☆☆

400円
1袋：110g

滋賀県大津市尾花川13-14
［注文］https://www.otsukemono.jp　☎077-524-5055　［発送］常温

青森きっての、故郷の味

ねぶた漬

ヤマモト食品／青森県

「ねぶた漬」と言われても、青森県民や出身者以外はピンとこないものですが、ねぶたというネーミングから、ねぶた祭を想像して「あっ、青森のお漬け物!」と繋がるのかもしれません。いわゆる「数の子昆布の醤油漬け」ですが、数の子にスルメ、キュウリ、そしてたっぷりの大根が入っています。昭和10（1935）年に創業した水産加工会社ヤマモト食品の「ねぶた漬」は半世紀以上も〝青森県民のソウルフード〟として親しまれる存在。なんとなく北海道の松前漬に似ていますが、大きな違いは大根とキュウリなど大地の恵みが入っていること。お手頃感と食感の豊かさが「ねぶた漬」の魅力です。

お酒との相性度 ★★★★★
贈答向き度 ★★★☆☆

799円
1箱：250g

青森県青森市野内浦島56-1
［注文］https://nebutazuke.shop ☎017-726-5581 ［発送］冷蔵

第十話

【これから】《めしのせ食堂》はまだまだ続く

米を研ぎ、羽釜《はがま》に移して水加減をした。三十分経ったらガスの火にかける。ガス炊きは電気釜より火の通りが速く、十五分ほどで炊き上がる。そうしたらガスの火を止めて、十五分蒸らしてから保温ジャーに移し替える。これでご飯の準備は万端だ。

ご飯を炊いている間に、味噌汁も準備しておく。豚汁やけんちん汁のように、一度に鍋いっぱい作っておく味噌汁もあれば、アサリ汁のように、一杯ずつ作る味噌汁もある。貝は煮すぎると身が固くなってしまうからだ。

店を始める前は、米は一合か二合しか研いだことがなかった。しかし一度に一升を研ぐようになって、感覚が変わった。乾いている時は軽かった米が、水に浸った瞬間、ずしりと重みを増すのだ。「浸水」という言葉の意味を、私は手の感覚で知った気がする。

蒸らしが終わって羽釜の蓋を開けると、その瞬間にふわりと立ち昇る湯気の、かすかに花の香りが混じったような、甘い、馥郁《ふくいく》たる香り。湯気の下から現れる、銀色というより真珠色の粒を敷き詰めたようなご飯の姿。

本当に、こんな美味しい主食に恵まれた日本人は幸せだ。ちょっとした《ご飯のおとも》があれば、一年三百六十五日、飽きることなく食べ続けられる。

そんなことを思いながらご飯をジャーに移し終わったのは、いつものように開店の十五分前のこと。入口の戸がするりと開き、お馴染みの顔が現れた。

「あら、いらっしゃい」

「こんにちは。ちょっと早めにお邪魔します」

来店したのは《めしのせの伝道師》こと長船クニヒコだった。

「東京でお仕事？」

「今、横浜のそごうで物産展やってるんで、顔出してきました」

「横浜からわざわざ来てくれたの？　大変だったわね」

「そうでもないんですよ。今夜の宿、西葛西《にしかさい》のホテルなんです」

西葛西は東京メトロ東西線の隣駅だ。

「西葛西なんて、辺鄙《へんぴ》なとこに泊まるわね」

「全然辺鄙じゃないですよ。大手町まで十四分だし」

長船はそう言いながら椅子にリュックを置き、中から保冷袋を引っ張り出した。

「今、ビジホはどこも満員で、予約取りにくいんですよ。名古屋へ行ったときは、しょうがなくてラブホに泊まったんです」

「あら、まあ」

「地元じゃ結構有名なホテルらしくて、僕みたいなビジホ難民も二～三人泊まってましたよ」

長船は保冷袋から次々と瓶詰や袋詰めを取り出した。

「新しい《めしのせ》、試してみてください。これは広島の倉崎海産の『牡蠣じゃん』、北海道の佐藤水産の『鮭ルイベ漬』、こっちは熊本のフタバの『御飯の友』……」

さらに沖縄のゴーヤカンパニーの『鳥豚ごろごろ』、石川の佃食品の『磯くるみ』、鳥取の前田農園の『ごぼう肉みそ』、山梨の笛吹《ふえふき》の庄の『甲州地どりトマトらー油』、岩手のハコショウ食品工業の『呑んべえ漬』と並べた。

「すごいわねえ」

「ごく一部ですよ。まだ紹介してない商品、いっぱいあります」

「全部でおいくら？」

長船は慌てて手を振った。

「これは試供品だから。気に入ったら、取り寄せてください」

「ありがとう」

私は素直に厚意に甘えることにして、頭を下げた。

「ご飯まだでしょ、ご馳走するわ。と言っても、いつものメニューだけど」

「充分ですよ。ご飯、味噌汁、ご飯のおとも。これに勝るメニューはありません」

「ありがとうございます。今日の味噌汁は豚汁と、豆腐ときぬさや。どっちにする？」

「豆腐ときぬさや」

私はカウンターにずらりと並んだ《ご飯のおとも》をさっと眺めた。

「この中で、試してみたい品、ある？」

長船はほんの少し考えてから答えた。

「甲州地どりトマトらー油、牡蠣じゃん、ルイベ漬」

長船は愛おしそうに一品ずつ商品を説明してくれた。

「『甲州地どりトマトらー油』は〝食べるラー油戦国時代〟を制する可能性を持ってます。『牡蠣じゃん』はそのまま食べても美味しいですが、調味料としての使い方が幅広いんですよ。『ルイベ漬』は鮭とイクラを秘伝の鮭醤油に漬けてあるんです。この鮭醤油が絶品で、僕はこれを使った佐藤水産のラーメンが大好きなんです」

聞いていると涎《よだれ》が垂れそうだ。お客さんが来る前に、私も長船のお相伴《しょうばん》で味見することにした。

ご飯、豆腐ときぬさやの味噌汁、そして三種の《ご飯のおとも》を小皿に盛って、長船の前に置いた。

「いただきます！」

長船はしばらくは無言で箸を動かした。私もちょっぴりのご飯におともをのせて、三品食べ比べをした。どれも旨い！

「でも、お店が繁盛して本当に良かった」

ご飯を半分まで平らげたところで一度箸を置き、長船は言った。

「《めしのせ食堂》の言い出しっぺは僕だから、閑古鳥《かんこどり》が鳴いてたらどうしようと思ってたんです。でも、開店当初からずっとお客さんが来てくれて、ホッとしました」

「私も。儲からなくていいとは思ったけど、誰もお客さんが来なかったら、がっかりしてやる気なくしたと思うわ」

　私はほうじ茶を淹れて、二つの湯呑に注いだ。

「これから、新しい計画とか、ありますか？」

「全然。身体が続く限り、このまま店を続けたい。今願うことはそれだけ」

「大丈夫ですよ。男女を問わず、現役の人はみんな元気ですから」

　励ましは嬉しいが、私はそれほど楽観していない。すでに前期高齢者となり、五年前に還暦を迎えた時に比べて、明らかに体力と記憶力が衰えてきたのを感じている。急激に衰えることはなくても、これから徐々に落ちてゆくことは間違いない。

「漢方の世界では、女性の身体の変化は、七の倍数の年に顕著に表れるんですって」

「七の倍数？」

「言われてみると思い当たるわ。四十九歳で更年期が始まって、五十六で盲腸の手術して、六十三の時はＡＴＭに二回もキャッシュカード置き忘れたのよ」

　長船は笑いをかみ殺した。

「次は七十でしょ。今から備えておかないと」

「何か健康法をやってるんですか」

「イワシせんべい食べて、ザクロ発酵酵素飲んで、週二回きくち体操に通って、週一で整体にも行ってるわ。これでダメなら運命だと思って諦める」

「絶対に大丈夫ですよ。《めしのせ食堂》がある限り、主任さんは不滅です」

長船は食後のほうじ茶を飲み干して、帰って行った。滞在時間はわずか二十分ほどだったが、私は貴重な物を分かち合ったような気がする。


このまま無理をせずにやっていこうと思う。私には子どもがいないが、この店のおかげで知己を得た若者が何人かいる。彼らの将来を見届けるのも楽しみだ。そして神代ゆかりを始め、ある種「同志」のような、同年代の知り合いも出来た。

毎日誰かと顔を合わせ、短い言葉を交わし、時には気持ちが通じ合うこともある。老後の生活としては、これ以上の望みはない。

店の名前を「めしのせ食堂エコ」にしたのは、ひと目で内容が分かり、私の名前の一部を冠したつもり。そしてエコはエコロジーの略で、人間生活と自然の調和、共生を目指す言葉。周囲と調和して共生を目指す私には、ピッタリのネーミングだ。

六時を五分ほど過ぎた頃、神代ゆかりがやってきた。

「いらっしゃい」

「今日の味噌汁、何？」

答えようとすると、続いて男性のお客さんが入ってきた。

「いらっしゃい」

私は笑顔で挨拶し、二人分の注文に備えた。

◎登場した《めしのせ》
牡蠣じゃん・鮭ルイベ漬・御飯の友・島豚ごろごろ・磯くるみ・ごぼう肉みそ・甲州地どりトマトらー油・呑んべえ漬

めしのせ小説

山《やま》口《ぐち》恵《え》以《い》子《こ》

１９５８年、東京生まれ。都立両国高校、早稲田大学第二文学部卒業。松竹シナリオ研究所で学び、ドラマ脚本のプロット作成を手がける。その後、食堂の調理スタッフとして就職（丸の内新聞事業協同組合の社員食堂）。食堂に勤務しながら２００７年、『邪剣始末』で小説家としてデビュー。２０１３年に『月下上海』で第20回松本清張賞を受賞。以来、執筆業に専念し現在に至る。シリーズ小説に『食堂のおばちゃん』『婚活食堂』『ゆうれい居酒屋』がある。ほかに母を介護し看取ったエッセイなど多数。

めしのせ案内

長《おさ》船《ふね》クニヒコ

１９８４年、大阪生まれ。近畿大学卒業後、東京の食品メーカーに就職し、16年ほど勤務。東京暮らしをきっかけに日本全国の「食」に興味を持ち、２０１３年ごろに《ご飯のおとも》を紹介するブログを開設。２０２１年に《ご飯のおとも専門家》として独立。２０２２年に福岡市に移住し「おかわりＪＡＰＡＮ株式会社」を設立。知られざる《ご飯のおとも》を見つけ出し、魅力を伝えながら自社で販売する。情報テレビやラジオ番組などのメディアへの出演多数。

おかわりＪＡＰＡＮウェブサイト
https://okawari-lab.net

山口恵以子のめしのせ食堂

こころとお腹を満たす物語と「ご飯のおとも」

2024年1月29日　初版第1刷発行

著者　山口恵以子
長船クニヒコ

発行人　小坂眞吾

発行所　株式会社小学館
〒101-8001
東京都千代田区一ツ橋2-3-1
編集　03-3230-5535
販売　03-5281-3555

印刷所　TOPPAN株式会社

製本所　株式会社若林製本工場

ISBN978-4-09-386711-5

ブックデザイン　原条令子デザイン室
DTP　昭和ブライト
撮影　寺澤太郎
校正　松本陽子

編集　山﨑真由子
三浦一夫（小学館）